Dom Joseph Roux

Fleurettes

du Bocage Vendéen

Imprimerie Saint-Martin

à Ligugé (Vienne)

FLEURETTES

DU

BOCAGE VENDÉEN

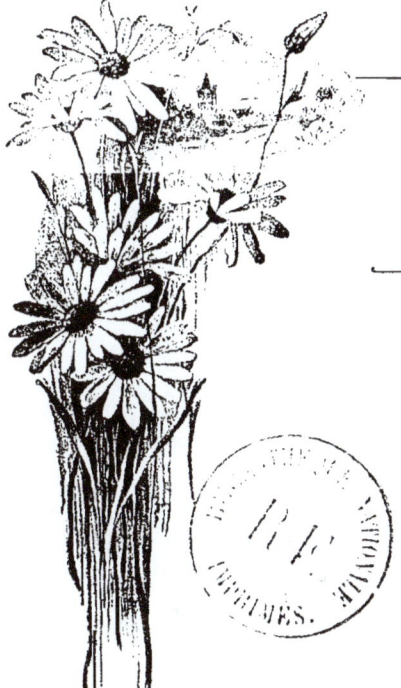

Dom Joseph Roux

Chanoine régulier de Latran

Fleurettes

du Bocage Vendéen

Imprimerie Saint-Martin

à Ligugé (Vienne)

Attento suffragio Praefecti studiorum in Ordine nostro, facultatem faci-
mus D. Josepho Roux, C. R. L., ut opus cui titulus : *Les Légendes chrétiennes et les Parfums de la Vie des Saints*, typis mandare possit.

Datum Eugubii ex nostra canonica S. Secundi, die 23 julii 1895.

✝ P. D. ALOISIUS SANTINI,
Abbas Generalis.

P. D. ANTONIUS DONZELLA, C. R. L.
Prosecretarius.

UN MOT

Il y a longtemps, bien longtemps, la veuve d'Élimélech, appelée Noémi, quittait le pays des Moabites, et retournait, avec Ruth sa belle-fille, à Bethléem, la ville des ancêtres. Elles étaient pauvres toutes les deux. Aussi, alors qu'on faisait la moisson des orges, Ruth s'en alla glaner dans les immenses champs de Booz, parent d'Élimélech. Elle se glissait, courbée sur les sillons, suivant les pas des moissonneurs, et, le soir, elle emportait, joyeuse, sa lourde gerbe. En parcourant le vaste champ des légendes chrétiennes et les larges espaces parfumés de la vie des saints, comme Ruth, la Moabite, j'ai ramassé quelques épis.

Pendant mes heures solitaires, au sein du Bocage vendéen, je recueillis mes modestes poésies, fleurettes éparpillées à tous les points de l'horizon, et je les ai rassemblées dans une humble gerbe, que j'offre aux âmes qui ont été bonnes pour moi.

Ces humbles fleurs de nos prés et de nos champs, dont le calice s'est entr'ouvert sous la verdure de nos buissons, ne recherchent pas les vases en cristal et les consoles en palissandre des riches demeures, mais elles seront heureuses de laisser évaporer leurs parfums de campagne, au pied de la statuette ou sur la table en bois blanc, dans les pauvres cellules des âmes religieuses. Elles auront réjouissance d'être regardées et odorées par les blanches âmes des enfants. Elles seront fières, si leur langage fait naître un sentiment d'amour envers Notre-Seigneur Jésus-Christ.

Daignent le Sacré-Cœur de Jésus et la Vierge immaculée, qui ont vu ces fleurettes déposées sur leurs autels, les vivifier de leur amour et de leur tendresse !

Et parfumées ainsi, qu'elles aillent faire un peu de bien !

C'est la seule gloire que je désire.

Monastère de Notre-Dame de Beauchêne, en la fête de la Nativité de la Vierge immaculée, 8 septembre 1895.

Dom JOSEPH ROUX DU PIN,
Chan. rég. de Lat.

PREMIÈRE PARTIE

———

LÉGENDES CHRÉTIENNES

LÉGENDES CHRÉTIENNES

LA VIERGE AU BŒUF

Cognovit bos possessorem suum.
Le bœuf a connu son maitre.
(ISAIE, ch. I, v. 3.)

QUAND Dieu naquit dans une sombre étable,
Pour sauver l'homme ingrat et criminel,
Il n'était là rien de bien solennel.
Or, dans la nuit, au cœur si délectable,
Où l'homme fut absous de son péché,
Près de Jésus un bœuf était couché,
Quand Dieu naquit dans une sombre étable.

Le doux enfant, sur quelques brins de foin,
Fut mis alors, enveloppé de langes ;
C'était un Dieu ; mais il n'avait plus d'anges
Pour le servir, et son ciel était loin.....
Pauvre petit ! sa mère ici le garde,
Et tristement le bon gros bœuf regarde
Le doux enfant sur quelques brins de foin.

Il faisait froid, il neigeait sur la terre ;
Tous les oiseaux se cachaient dans les creux,
Comme au printemps ils n'étaient plus heureux.
Dans cette étable, au milieu du mystère
D'un Dieu fait homme, un grand vent s'engouffrait,
Et le poupon dans sa crèche pleurait ;
Il faisait froid, il neigeait sur la terre.

Dans ce réduit il n'était point de feu ;
Jamais ne fut dénûment de la sorte.
Tous les voisins avaient fermé leur porte.
La pauvreté d'autrui les touchait peu.
Hélas ! aussi c'est bien ce que nous sommes !...
Enfin, pour Dieu, le Rédempteur des hommes,
Dans ce réduit il n'était point de feu.

La Vierge alors versait de grosses larmes,
En regardant son doux Jésus souffrir :
Mon Dieu ! mon Dieu ! dit-elle, il va mourir !
Sans plus tarder, fais cesser mes alarmes ;
Ce froid piquant va tuer mon Jésus !...
Regarde, ô bœuf, souffle, souffle dessus.
La Vierge alors versait de grosses larmes.

Le bœuf tourna sa tête vers l'enfant,
Et doucement la baissant sur la crèche,
Sur le poupon et sur la paille fraîche,
Il envoyait son souffle réchauffant,
Il comprenait, mais ne savait rien dire,
Content de voir la Vierge lui sourire
Quand il tournait sa tête vers l'enfant.

LA VIERGE A LA BERCEUSE

Ipse vero dormiebat.
Jésus dormait.

(S. Matth., ch. viii, v. 24.)

Dormez, dormez, mon petit Roi
Venu du ciel sur notre terre ;
Dormez en paix,.... il fait bien froid,
Dormez aux bras de votre mère.

Dormez, dormez, enfant si doux,
Caché sous l'aile de vos anges ;
Dormez, blotti sur mes genoux,
Pendant qu'ils chantent vos louanges.

Dormez, dormez entre mes bras.....
On dit une chose cruelle,
On dit qu'un jour..... Je ne veux pas.....
Dormez à l'ombre maternelle.

Quoi ! ce front pur, ces blonds cheveux
Qu'un beau rayon d'or illumine,
Seraient un jour..... ô sort affreux !
Pressés par la sanglante épine !

On dit aussi, mon fils Jésus,
Que tout là-bas votre visage
Sera brisé des coups reçus
Et rougira sous cet outrage.

Dormez, dormez, mon petit Roi,
Venu du ciel sur notre terre,
Dormez en paix..... il fait bien froid...
Dormez aux bras de votre mère.

On dit aussi que des humains,
Dans une ville bien méchante,
Attacheront vos pieds, vos mains,
Sur une croix toute sanglante.

Un saint vieillard me l'a prédit,
En poussant une plainte amère;
Écoute, femme, m'a-t-il dit :
Un jour, ton fils..... ô pauvre mère!

Non, non, dormez, enfant si doux,
Caché sous l'aile de vos anges,
Dormez blotti sur mes genoux,
Pendant qu'ils chantent vos louanges.

Le bon vieillard, dans un soupir,
Reprit enfin : Oui, pauvre mère,
Un jour, tu le verras mourir
Là-bas, au sommet du Calvaire.

Se pourrait-il, ô juste ciel!
Que ce Jésus, lui que j'embrasse,
Souffre un trépas aussi cruel?
Non, non, mon Dieu, faites-lui grâce.

Dormez, dormez entre mes bras;
On dit une chose cruelle,
On dit qu'un jour..... Je ne veux pas.....
Dormez à l'ombre maternelle.

Dormez, dormez, ô tendre agneau,
Agneau si pur, à laine blanche,
Dormez caché, charmant oiseau,
Et reposez sur votre branche.

Oh! n'ayez peur de l'avenir.....
Dormez, Jésus, enfant si tendre,
Si l'on veut vous faire souffrir,
Je serai là pour vous défendre.

Dormez, dormez, mon petit Roi,
Venu du ciel sur notre terre ;
Dormez en paix,.... il fait bien froid....
Dormez aux bras de votre mère.

LES PETITS OISEAUX DE BETHLÉEM

Benedicite omnes volucres cœli Domino.
Petits oiseaux, bénissez tous le Seigneur.
(DANIEL, ch. III, v. 80.)

A Bethléem, sous les frimas,
Le petit Jésus vient de naître ;
Il n'est plus dans son ciel, là-bas,
A Bethléem sous les frimas.
Mais nous, pécheurs, ne pleurons pas,
C'est le bonheur qui va paraître :
A Bethléem, sous les frimas,
Le petit Jésus vient de naître.

On l'a couché bien doucement,
Tout près du bœuf, dans une crèche,
Lui, qui créa le firmament,
On l'a couché bien doucement...
La Vierge, sa bonne maman,
Lui fait un lit de paille fraîche,
Et l'a couché bien doucement
Tout près du bœuf, dans une crèche.

Non loin de là, dans les buissons,
Tous les oiseaux se réunissent
Et font entendre leurs chansons,
Non loin de là, dans les buissons.
Les autres bruits vite cessons,
Et que nos chants à nous finissent ;
Non loin de là, dans les buissons ;
Tous les oiseaux se réunissent.

Ils sont tous là, remplis d'ardeur ;
Linottes et bergeronnettes,
Bouvreuils, pinsons, forment un choeur ;
Ils sont tous là, remplis d'ardeur ;
Les roitelets, à grand plein coeur,
Chantent ainsi que les fauvettes,
Ils sont tous là, remplis d'ardeur,
Linottes et bergeronnettes.

Les rouges-gorges sont venus
Mêler leurs chants aux voix des anges ;
Délaissant leurs arbres chenus,
Les rouges-gorges sont venus.
En grande foule on les a vus
Suivis de près par les mésanges ;
Les rouges-gorges sont venus
Mêler leurs chants aux voix des anges.

Les petits becs se sont ouverts
Et frémissantes sont les ailes ;
N'agitez pas les rameaux verts,
Les petits becs se sont ouverts.
Ils vont au roi de l'univers
Donner leurs notes les plus belles ;
Les petits becs se sont ouverts,
Et frémissantes sont les ailes.

Là-bas, dans les hauteurs des cieux
Les anges cessent leur cantique ;
Tous ils écoutent radieux
Là-bas, dans les hauteurs des cieux.
Petits oiseaux mélodieux,
Chantez, chantez votre musique ;
Là-bas, dans les hauteurs des cieux,
Les anges cessent leur cantique.

Chantez, chantez, heureux oiseaux,
Tous les bergers ont fait silence,
Ils ont quitté leurs chalumeaux,
Chantez, chantez, heureux oiseaux.

Du doux roi des petits berceaux
Dites la gloire et l'innocence ;
Chantez, chantez, petits oiseaux,
Tous les bergers sont en silence.

Chut !... Qui donc jette la frayeur
Et de gros mots à leurs oreilles ?...
Pauvres petits, ils ont eu peur.
Chut !... Qui donc jette la frayeur ?
Craindrait-on, aimable Sauveur,
Qu'à ce doux chant tu ne t'éveilles ?
Chut !... Qui donc jette la frayeur
Et de gros mots à leurs oreilles ?

Mais Jésus parle... Écoutons tous
Ce petit Dieu, que va-t-il dire ?
Charmants oiseaux, vite à genoux.
Car Jésus parle... Écoutons tous.
Je suis, dit-il, content de vous,
Je vois l'amour qui vous inspire.
Jésus vous parle... Écoutez tous
Ce que Jésus veut bien vous dire :

Petits oiseaux, soyez bénis,
Dans vos buissons chantez encore ;
Et, près de moi, tous réunis,
Petits oiseaux, soyez bénis.
Je veillerai sur vos doux nids,
A vous les fleurs, à vous l'aurore !
Petits oiseaux, soyez bénis ;
Dans vos buissons chantez encore ! ! !

L'ANE DE LA FUITE EN ÉGYPTE

Surrexit et stravit asinum.
Il se leva et sella son âne.
(III⁰ livre des Rois, ch. ΙΙ, v. 40.)

A Bethléem était, broutant sous les platanes,
Un gentil petit âne, ayant au plus trois ans ;
C'était, n'en doutez pas, le plus joli des ânes
Avec ses poils très noirs, semés de poils bien blancs.

Son front était orné de deux longues oreilles,
Qu'il portait bravement, mais sans trop de fierté.
Dans ses yeux expressifs on lisait des merveilles
De courage, d'ardeur, de bonne volonté.

Sa tête était légère et dignement portée,
Sa poitrine était large et ses flancs arrondis,
Sa croupe était dodue, et sa queue argentée ;
Cet âne était fort bien, c'est moi qui vous le dis.

Ses jambes se posaient élégantes et fines ;
On voyait ressortir les muscles et les nerfs.
Sans fatigue il passait les monts et les ravines,
Et son pied était sûr comme le pied des cerfs.

De plus il était doux, il aimait les caresses ;
Quand vous passiez la main sur ses poils noirs et blancs,
Il faisait le gros dos et mille gentillesses
Et vous donnait joyeux ses rires d'ouragans.

Or, quand au bon Joseph Dieu dit de fuir bien vite
Avec la Vierge sainte et le divin Jésus,
Joseph courut chercher pour cette prompte fuite
L'âne dont vous voyez le portrait ci-dessus.

Et l'âne, en ce moment, fut fier, je vous l'assure ;
Ce que l'on désirait, il le comprit un peu,
En voyant qu'il allait devenir la monture
De la Vierge sans tache et du fils de son Dieu.

Il bondissait de joie. Au seuil de sa chaumière
Joseph l'amena donc, et les apprêts finis,
La Vierge prit Jésus et monta la première,
Joseph saisit la bride, et les voilà partis.

Et l'âne allait bon train, sa jambe était agile ;
D'ailleurs on l'avait dit, vite il fallait marcher ;
Aux chemins malaisés, dans le sable stérile,
Même pas une fois on ne le vit broncher.

Sa vigueur... sans compter, il la dépensait toute ;
Sur un mot de Joseph, il allait jusqu'au soir ;
L'appétissant chardon sur le bord de la route
Ne le retardait point : il passait sans le voir.

Il sauva bien des fois, dans sa course rapide,
Les trois saints voyageurs du couteau des bandits,
Ou des crocs du lion, de sang toujours avide ;
Il les aurait menés fort bien en paradis.

La caravane enfin près de l'Égypte arrive,
Et trouve le repos et le calme en ce lieu ;
Lui, l'âne avait encor une allure assez vive,
Il était bien content d'avoir sauvé son Dieu.

Bel âne, dit Jésus, je connais ta vaillance,
Car ton pied n'a jamais fléchi sous les fardeaux.
Écoute, désormais (c'est là ta récompense),
Tu porteras la croix au milieu de ton dos.

Voilà donc expliqué pourquoi sur cette terre
Les ânes blancs ou noirs ont obtenu les droits
D'avoir de bons jarrets, une course légère,
Et de porter au dos l'empreinte de la croix.

Portons aussi Jésus, avec la Vierge aimante ;
Au sentier de l'exil nous marcherons bien mieux ;
Et sur nos fronts, un jour, une croix éclatante
A jamais brillera sous les lambris des cieux.

LA FUITE EN ÉGYPTE

*Surge, et accipe puerum et matrem
ejus, et fuge in Egyptum.*
Lève-toi, prends l'Enfant et sa mère,
et fuis en Égypte.
(S. MATTH., ch. II, v. 13.)

I

Aux champs de Bethléem Jésus venait de naître....
Les bergers accourus s'étaient mis à genoux,
Joyeux, car le bonheur allait enfin paraître :
Aux champs de Bethléem Jésus venait de naître.
Salut, petit enfant, vous êtes notre maître,
Nos moissons, nos troupeaux et nos cœurs sont à vous.
Aux champs de Bethléem Jésus venait de naître,
Les bergers accourus s'étaient mis à genoux.

Les Mages, à leur tour, conduits par une étoile,
Du fond de l'Orient tous trois étaient venus ;
Dans cet enfantelet grelottant et sans voile,
Les Mages à leur tour, conduits par une étoile,
Avaient vu du Seigneur la grandeur qui se voile,
Et, pour adorer Dieu, pour baiser ses pieds nus,
Les Mages à leur tour, conduits par une étoile,
Du fond de l'Orient tous trois étaient venus.

Ils avaient déjà dit, dans leur rapide marche,
Là-bas quand ils passaient près de Jérusalem :
Aujourd'hui nous est né le fils d'un patriarche.
Ils avaient déjà dit, dans leur rapide marche :
Pour sauver les humains, c'est lui qui sera l'arche,
Et nous allons tous trois le voir à Bethléem ;
Ils l'avaient déjà dit, dans leur rapide marche,
Là-bas quand ils passaient près de Jérusalem.

Hérode avait surpris la parole des Mages...
Il craignit pour son trône et pour son sceptre d'or ;
Car lui seul, pensait-il, avait droit aux hommages ;
Hérode avait surpris la parole des Mages.
Où doit naître le Christ ? demanda-t-il aux sages.
A Bethléem, dit-on. — Bourreaux, semez la mort...
Hérode avait surpris la parole des Mages,
Et craignit pour son trône et pour son sceptre d'or.

Bourreaux, semez la mort ! que d'horreur on frissonne !
Allez ! faites périr tous les petits enfants !
Je veux garder mon sceptre et sauver ma couronne.
Bourreaux, semez la mort ! que d'horreur on frissonne !
Versez, versez le sang, et n'épargnez personne !
Tuez tous les petits au-dessous de deux ans !
Bourreaux, semez la mort ! que d'horreur on frissonne !
Allez ! faites périr tous les petits enfants !

II

Le bon Joseph dormait... C'était une nuit sombre.
L'archange Gabriel du beau ciel descendit :
Lève-toi donc Joseph ! on complote dans l'ombre...
Le bon Joseph dormait... C'était une nuit sombre.
Des tout petits martyrs il sera grand le nombre.
Il faut sauver l'Enfant. C'est Dieu qui te le dit.
Le bon Joseph dormait... C'était une nuit sombre.
L'archange Gabriel du beau ciel descendit.

Ne crains rien cependant... Prends l'Enfant et sa mère,
Vers un exil lointain promptement tu fuiras.
D'Hérode, le tyran, évite la colère ;
Ne crains rien cependant... Prends l'Enfant et sa mère,
Et pars dès cette nuit sur la terre étrangère ;
Pendant sept ans entiers là-bas tu resteras.
Ne crains rien cependant... Prends l'Enfant et sa mère,
Vers un exil lointain promptement tu fuiras.

Et Joseph aussitôt avait dit à Marie :
Mon épouse, venez; prenez votre Jésus;
Vite il faut le sauver; venez, ô ma chérie.
Et Joseph aussitôt avait dit à Marie :
Venez, l'âne est tout prêt; venez, je vous en prie.
Il mit la douce Vierge et son Enfant dessus,
Car Joseph aussitôt avait dit à Marie :
Mon épouse, venez; prenez votre Jésus.

Et les voilà partis; leur modeste bourrique
Trottinait, trottinait sur le bord du chemin;
Elle savait son rôle, elle était héroïque.
Et les voilà partis; leur modeste bourrique,
Portait bien doucement son fardeau magnifique ;
Avec peine Joseph suivait, la bride en main.
Et les voilà partis; leur modeste bourrique
Trottinait, trottinait sur le bord du chemin.

Tous les petits oiseaux chantaient sur leur passage
Et les accompagnaient en leur disant bonjour.
Que Dieu, s'écriaient-ils, vous donne un bon voyage!
Tous les petits oiseaux chantaient sur leur passage :
Céleste enfantelet, à vous notre ramage !
A votre mère, à vous et l'honneur et l'amour.
Tous les petits oiseaux chantaient sur leur passage
Et les accompagnaient en leur disant bonjour.

Les palmiers inclinaient leurs branches verdoyantes
Jusqu'au front de Jésus avec leurs fruits bien mûrs;
Pour donner au Sauveur des dattes odorantes,
Les palmiers inclinaient leurs branches verdoyantes.
Pour rafraîchir un peu les poitrines brûlantes
De ces trois voyageurs si bons, si doux, si purs,
Les palmiers inclinaient leurs branches verdoyantes,
Jusqu'au front de Jésus, avec leurs fruits bien mûrs.

Et la brise arrivait à travers le feuillage
Pour calmer du soleil les longs rayons de feu;
Une douce fraîcheur régnait sur son passage,
Et la brise arrivait à travers le feuillage

Disant : Oh ! laissez-moi baiser votre visage,
Votre doux front, ô Vierge, et les lèvres d'un Dieu.
Et la brise arrivait à travers le feuillage,
Pour calmer du soleil les longs rayons de feu.

Et les fleurs souriaient au fils, puis à la mère,
Offrant naïvement et parfums et couleurs,
Et la mère et le fils baissaient leurs yeux à terre,
Et les fleurs souriaient au fils, puis à la mère.
Toutes disant gaîment jusqu'à la primevère :
Merci de vos regards sur les petites fleurs.
Et les fleurs souriaient au fils, puis à la mère,
Offrant naïvement et parfums et couleurs.

III

Le petit âne, lui, marchait, marchait sans cesse,
La sueur à longs flots coulait sur son poil blanc.
Il ne prenait point part à la vive allégresse,
Le petit âne, lui, marchait, marchait sans cesse.
Ses pieds n'avaient jamais connu cette vitesse ;
Mais pour sauver la Vierge et son petit Enfant,
Le petit âne, lui, marchait, marchait sans cesse,
La sueur à longs flots coulait sur son poil blanc.

On arriva bientôt dans un désert immense,
Sans verdure, sans fleurs, sans arbres, sans oiseaux,
Mais le sable toujours et sa morne apparence...
On arriva bientôt dans ce désert immense.
Les pauvres voyageurs connurent la souffrance,
Car le pays était et sans fruits et sans eaux ;
On arriva bientôt dans ce désert immense,
Sans verdure, sans fleurs, sans arbres, sans oiseaux.

Et le soleil dardait ses lourds rayons de flamme,
Le sol brûlait les pieds, l'air était étouffant ;
Le bon Joseph parla : Que ferons-nous, ô femme ?
Car le soleil dardait ses longs rayons de flamme.

Pour abriter le front du doux fruit de son âme,
La Vierge mit son voile au-dessus de l'Enfant,
Car le soleil dardait ses longs rayons de flamme;
Le sol brûlait les pieds; l'air était étouffant.

L'âne joyeux soudain agita son oreille,
Regardant fixement là-bas à l'horizon
Un bouquet de verdure, ô splendide merveille!
L'âne joyeux soudain agita son oreille;
Il fit jouer sa jambe encore mieux que la veille,
Car il sentait la source et le tendre gazon;
L'âne joyeux soudain agita son oreille,
Regardant fixement là-bas à l'horizon.

L'oasis était belle et la source abondante,
Et Joseph descendit la Vierge et l'Enfant-Dieu,
Vite il alla puiser de l'eau rafraîchissante,
L'oasis était belle et la source abondante.
Le bon âne broutait dans l'herbe verdoyante;
Tous, louant le Seigneur, se reposaient un peu.
L'oasis était belle et la source abondante,
Et Joseph descendit la Vierge et l'Enfant-Dieu.

IV

On entendit bientôt les cris épouvantables
D'un lion du désert en quête de butin;
Ses bonds prodigieux faisaient voler les sables,
On entendit bientôt ses cris épouvantables.
Le doux Joseph poussa des plaintes lamentables
En le voyant vers eux prendre le droit chemin;
On entendit bientôt les cris épouvantables
D'un lion du désert en quête de butin.

La Vierge eut peur aussi, son âme était tremblante,
Et son bras entoura le Maître des élus;
Jésus seul souriait à la bête effrayante;
La Vierge eut peur aussi, son âme était tremblante;

Et l'âne, délaissant son herbe appétissante,
Vint se réfugier près de l'Enfant Jésus.
La Vierge eut peur aussi, son âme était tremblante,
Et son bras entoura le Maître des élus.

Et le lion bondit de la plaine déserte
Tout près d'eux ;... mais Jésus, levant son petit doigt,
Le fixa tout à coup sur la pelouse verte ;
Quand le lion bondit de la plaine déserte,
Ses yeux étaient sanglants, sa gueule grande ouverte ;
Mais l'Enfant-Dieu lui dit : Lion, arrête-toi !
Et le lion bondit de la plaine déserte
Tout près d'eux,... mais Jésus leva son petit doigt.

Allons ! roi du désert, abaisse ta crinière,
Lion, courbe ton front, tu ne peux rien sur nous.
Je suis le Tout-Puissant, allons ! dans la poussière :
Allons ! roi du désert, abaisse ta crinière ;
Avant de retourner à ta sombre tanière ;
Devant nous tous ici mets-toi vite à genoux.
Allons ! roi du désert, abaisse ta crinière ;
Lion, courbe ton front, tu ne peux rien sur nous !

Et le fauve obéit à cette voix puissante,
Au petit doigt mignon de ce petit enfant ;
A la Vierge il donna sa tête caressante,
Et le fauve obéit à cette voix puissante,
Fit toucher par Joseph sa crinière flottante,
S'inclina devant l'âne, et Jésus dit : Va-t'en ;
Et le fauve obéit à cette voix puissante,
Au petit doigt mignon de ce petit enfant.

V

Et les saints voyageurs s'en allaient vite, vite,
Et l'âne trottinait joyeux de plus en plus ;
Leur frayeur pour jamais était enfin détruite,
Et les saints voyageurs s'en allaient vite, vite.

Aucun danger ne vint les troubler dans leur fuite;
D'ailleurs que craignaient-ils, puisqu'ils avaient Jésus?
Et les saints voyageurs s'en allaient vite, vite,
Et l'âne trottinait joyeux de plus en plus.

VI

Le lion du désert, c'est le démon lui-même;
Mais en portant Jésus, moi, je ne le crains pas;
Il est méchant, c'est vrai, sa fureur est extrême;
Le lion du désert, c'est le démon lui-même.
Mais Jésus a sur lui la puissance suprême...
Comme l'âne cité, je veux dire ici-bas :
Le lion du désert, c'est le démon lui-même;
Mais en portant Jésus, non, je ne le crains pas!

LA VIERGE AUX DATTES

Et sedebat sub palma.
La Vierge « était assise sous un palmier ».
(*Livre des Juges*, ch. iv, v. 5.)

Joseph, vers Nazareth, s'était mis en voyage,
    Car l'ange Gabriel,
De la part du Seigneur apportant un message,
    Était venu du ciel.

L'ange avait dit : Joseph, quittez cette vallée,
    Bénissez votre sort ;
Prenez l'enfant, sa mère, allez en Galilée :
    Hérode, Hérode est mort.

Or, pendant ce trajet, dans une vaste plaine,
    On allait à pas lents ;
Le soleil dans les cieux coupait, hachait l'haleine
    De ses rayons brûlants.

Jésus eut faim et soif au milieu de la marche,
    Et la Vierge pleurait
Au côté de Joseph ; et le saint patriarche
    Également souffrait.

Pas une goutte d'eau sous la chaude atmosphère ;
    Dans cet aride lieu ;
Il s'agissait alors pourtant de satisfaire
    L'ardente soif d'un Dieu.

Sur le sol calciné, du sable, encor du sable.....
    Que le chemin est long,
Quand on a la tristesse immense, intarissable,
    Lourde comme du plomb !

La Vierge à l'horizon qui s'ouvrait sans mesure
       Regardait bien souvent.....
Soudain elle aperçoit un bouquet de verdure
       Qui se balance au vent.

L'oasis! l'oasis! voici la délivrance!
       Il est sauvé, l'Enfant!
Le pas devient plus vif, la Vierge a l'espérance!
       Joseph est triomphant!

L'Enfant frappe des mains.... on se presse.... on arrive :
       Une source, sans bruit,
Coule dans le gazon ; mais hélas! sur la rive,
       Le palmier est sans fruit.

La Vierge, alors comptant sur la divine force
       Des dons qu'elle a reçus,
Dit en touchant du doigt cette rugueuse écorce :
       Palmier, nourris Jésus.

Et par cette puissance au ciel même ravie,
       Cet arbre fut en fleurs ;
Les oiseaux au palmier n'avaient vu de leur vie
       De si fraîches couleurs.

Puis. dans un temps moins long que je ne mets à dire,
       Le bel arbre ployait
Sous des fruits déjà mûrs.... Joseph eut un sourire,
       L'Enfant Jésus priait....

Les oiseaux étonnés, de leurs voix délirantes
       Se mirent à chanter,
Mais aucun d'eux pourtant aux dattes odorantes
       N'accourut becqueter.

Courbe-toi, dit la Vierge (alors d'une auréole
       Son front était paré) ;
Le verdoyant palmier comprit cette parole
       Et cet ordre sacré.

Le palmier se courba, toucha de son feuillage
    Le beau front du Sauveur;
Ayant cueilli des fruits, on reprit le voyage
    En louant le Seigneur.

LA VIERGE AUX CERISES

Colliges fructus ejus.
Vierge « tu cueilleras le fruit de cet arbre ».
(*Lévitique*, ch. xxv, v. 3.)

C'était au mois de mai....
Alors, dans la nature
Tout était embaumé
D'amour et de verdure.
De toutes parts des fleurs
Rouges, jaunes et blanches,
De leurs fraîches couleurs
Ornaient les vieilles branches.
Dans leur rapide essor,
Les essaims des abeilles
Butinaient les fleurs d'or
Et les roses vermeilles.
Là-bas, en Orient,
Où le Seigneur déploye
Un ciel toujours riant,
Où le bonheur ondoie,
Sur la plaine et le mont,
En vague parfumée,
Du Carmel à l'Hermon,
Et d'Acre à l'Idumée,
Trois voyageurs lassés,
Joseph, Jésus, Marie,
Après sept ans passés,
Revoyaient leur patrie.
L'exil était fini
Et partant la souffrance...
Nazareth, sol béni,
C'était la délivrance !

Alors les merisiers
Fleurissaient les collines,
Les touffus cerisiers
Neigeaient dans les ravines.
Pour reposer un peu
Jésus de ce voyage,
Marie et l'Enfant-Dieu
Se mirent sous l'ombrage
D'un cerisier. Joseph
Lia l'humble bourrique
(Car, lui, c'était le chef)
Près d'une souche antique.
Les trois saints voyageurs
Prirent place sous l'arbre.
Le cerisier en fleurs,
Blanc comme neige ou marbre,
Rougit bientôt.... son fruit
En grappes se balance.....
Et tout cela sans bruit.
Sans nulle violence.
Oh ! le fruit savoureux !
Oh ! la fraîche cerise !
Je serais bien heureux
Si, moi, j'étais la brise,
Cria l'enfant ; j'irais
Aux cerises vermeilles.
Là-haut j'en cueillerais
Bien des pleines corbeilles !...
Le cerisier soudain,
Souple comme une verge,
Se pencha vers la main
Et le front de la Vierge.
Pour l'offrir à Jésus,
La douce Vierge cueille
De ses doigts tout émus
Le beau fruit sous la feuille.
Aux lèvres du Sauveur
Quand la cerise touche,
Qui l'emporte en rougeur

Du fruit ou de la bouche ?
On ne sait.... Mais Jésus
Souriait.... Et les anges
Voltigeant au-dessus
Célébraient ses louanges.

LA CROIX DE NAZARETH

Sustinuit crucem.
Jésus a choisi la croix.
(*Épître aux Hébreux*, ch. XII, v. 2.)

C'était à Nazareth, dans cette ville aux fleurs,
Assise aux flancs d'un mont ruisselant de verdures,
Dans l'antique Orient, au pays des splendeurs
    Et des riches parures.

C'était au mois de mai, les palmiers agitaient
Leurs feuilles et leurs fruits à la brise odorante ;
Au fond des verts bosquets tous les oiseaux chantaient.
    D'une voix délirante.

Dans un pli du vallon où tout était présent
Pour un cœur en repos, pour une âme en prière,
Au milieu des cactus, un modeste artisan
    Chantait dans sa chaumière.

Et cet homme était juste et riche de vertus,
Des cheveux blancs ornaient sa figure maigrie.....
Son tout petit enfant, on l'appelait Jésus,
    Son épouse, Marie.

Or, un jour, l'ouvrier, le front tout en sueur,
Penché sur l'établi, l'allégresse au visage,
A de rudes travaux déployait tout son cœur
    Et son mâle courage.

L'épouse près de lui, toute jeunette encor,
Et semblable à la fleur qui sourit à la branche,
L'épouse regardait en filant le lin d'or
    De sa belle main blanche.

Au fond de l'atelier, une hachette en main,
Le bel Enfant Jésus, les deux genoux en terre,
Travaillait aussi lui, quand, se tournant soudain,
      Il appela sa mère.

O mère, regardez, dit le mignon Sauveur,
Voyez ce que je fais.... Joseph, voyez vous-même.
Ils regardaient tous deux..... Joseph était rêveur,
      Et la Vierge était blême.

Pourquoi ?.... C'est que Jésus, le Fils du Roi des rois,
Entr'ouvrant l'avenir aux regards de sa mère,
De ses petites mains avait fait une croix
      Qui reposait à terre.

Jésus tranquillement, le doux petit Jésus,
Se pencha sur la croix, l'embrassa sans rien dire,
Puis, étendant ses mains, il se coucha dessus
      Avec un doux sourire.

Tout de suite il dormit..... Et Joseph soupirait.....
Là-bas, à l'horizon, dans une brume épaisse,
Se montrait le Calvaire.... Et la Vierge pleurait
      De crainte et de tristesse.

Quand Jésus s'éveilla : Mère, j'ai vu les cieux,
Dit-il, et cette croix était devant mon Père,
Puis il a pardonné..... Mère, je suis heureux,
      Je sauverai la terre !

Encore un peu de temps..... J'affirmerai les droits
De mon Dieu sur le monde et sa bonté divine.....
Puis, en disant ces mots, il pressait cette croix
      Bien fort sur sa poitrine.

La Vierge, en ce moment, sentit broyer son cœur,
Elle éleva ses yeux à la voûte éternelle.....
Fiat, ô mon Jésus, cette croix de douleur,
      Je l'accepte, dit-elle.

Et sur le sol alors, à genoux tous les trois,
En adorant de Dieu la suprême justice,
Ils courbèrent le front et baisèrent la croix,
    La croix du sacrifice !

« EGO FLOS CAMPI »

Je suis la fleur des champs.
(*Cantique*, ch. II, v. I.)

Quand vous traversez les grands prés,
Petits enfants aux bouches roses,
Et les gazons tout diaprés,
De mille fleurs fraîches écloses,
Applaudissez, petits enfants,
Donnez vos baisers aux fleurettes,
Mais sans briser leurs collerettes,
Car Jésus est la fleur des champs.

Sur les bords du ruisseau qui passe
Et qui gazouille avec l'oiseau,
La primevère a pris sa place
Et se mire dans le ruisseau ;
Pensez à votre tendre mère
Qui vous a dit : Petits enfants,
Jésus, c'est Lui la fleur des champs ;
Aimez beaucoup la primevère.

Sous le soleil étincelant,
Sur le vert satin des prairies,
S'étend un tapis rose et blanc,
Aux délicates broderies ;
Regardez-la, petits enfants,
C'est l'innocente pâquerette ;
Mais respectez cette pauvrette,
Car Jésus est la fleur des champs.

Aux pieds des buissons d'aubépine,
Des fleurs se mettent à l'abri,

En les voyant, troupe enfantine,
Poussez au ciel un joyeux cri.
Mais aux clochettes, aux jonquilles,
Ne faites pas de mal, enfants,
Car Jésus, c'est la fleur des champs,
Et des buissons et des charmilles.

Dans les taillis, au fond des bois,
Courez, enfants, à perdre haleine ;
Faites retentir votre voix
Dans une alerte cantilène,
Mais ne froissez pas, mes enfants,
Du muguet et de la pervenche
La gente robe bleue et blanche,
Car Jésus est la fleur des champs.

Et sur le bord des larges routes,
Où vous jouez, remplis d'ardeur,
Quand à vos fronts perlent les gouttes,
Les grosses gouttes de sueur,
Si vous trouvez des fleurs mystiques,
Ne les brisez pas, chers enfants,
Car Jésus est la fleur des champs ;
Ne brisez pas les véroniques.

Et si le long des verts sentiers
Où chantent les bergeronnettes,
Si vous voyez les églantiers
Avec leurs bouquets de rosettes,
Soyez sages, petits enfants,
Arrêtez-vous.... gare à l'épine !
Ne touchez pas à l'églantine,
Jésus, c'est Lui la fleur des champs.

Quand la moisson est jaunissante,
Et quand l'épi doré, le soir,
Sous une brise caressante,
Balance comme un encensoir,
Louez Dieu de ce grand prodige,
Mais des bleuets, petits enfants,

Car Jésus est la fleur des champs,
Des bleuets épargnez la tige.

Dieu vous regarde à l'horizon,
Ne touchez pas à ses fleurettes ;
Laissez, laissez à leur gazon
Les boutons d'or, les violettes ;
Laissez les liserons, enfants,
Les coquelicots, la bruyère,
Les fleurs à Dieu, c'est la prière,
Car Jésus est la fleur des champs.

LA VIERGE A LA FONTAINE

Descendit ad fontem et hausit aquam.
Elle descendit à la fontaine et puisa de l'eau.
(Genèse, ch. xxiv, v. 45.)

Des monts de Nazareth, le bras gauche à la hanche,
L'autre bras à son front et les cheveux au vent,
Une Vierge descend, portant une urne blanche,
Le visage tout droit, la poitrine en avant.

Ses yeux, sur le sentier, de la pierre qui roule,
Gardent ses deux pieds nus.... Elle va tristement...
Quand on a dix-huit ans, que l'espoir se déroule
Tout rose à l'horizon, il en est autrement !

Oui, oui, c'est bien ainsi pour toute jeune fille
Dont la virginité porte une âme de feu,
Car là-bas, à ses yeux, c'est l'espoir qui scintille ;
Mais celle dont je parle est la Vierge de Dieu.

C'est la Vierge de Dieu, de Jésus c'est la mère,
Elle sait que son Dieu l'a faite pour souffrir ;
Pour elle, l'horizon, c'est le sanglant Calvaire,
Où son fils doit, un jour, sur un gibet mourir.

Le passant la regarde, et la voyant si belle,
Il incline son front respectueusement,
Se demandant surpris et tout bas quelle est-elle ?
Et la Vierge sourit mélancoliquement.

Au fond de la vallée, à l'onde qui s'épanche,
Elle remplit son urne, et de sa blanche main,
Elle en charge son front qui cependant ne penche,
Puis au sommet des monts reprend son dur chemin.

3

LES PETITS OISEAUX DE NAZARETH

Surgant pueri et ludant.
Levez-vous, petits enfants, et allez jouer.
(II' *Livre des Rois*, ch. ii, v. 14.)

« Maman, disaient un jour le sourire à la joue,
De tout petits enfants, les oiseaux sont heureux ;
Chacun d'eux, dans les fleurs, chante, voltige et joue ;
Nous voulons, nous aussi, nous amuser comme eux. »

La maman répondit : « Aller à l'aventure,
Courir à travers champs, écraser sous ses pas
Les nids, les moissons d'or et la vendange mûre,
C'est le fait des méchants, et moi, je ne veux pas ! »

« Maman, reprit l'aîné, blondin aux lèvres roses,
Nous ne demandons pas la liberté des champs ;
Nous ne voulons briser ni les nids ni les roses,
Et jamais, tu le sais, nous ne serons méchants ;

Nous voulons aller voir, aux pieds de la colline,
Là-bas, dans le vallon, dans les bosquets touffus,
De la Vierge si belle et que tu crois divine
Le tout petit enfant, qu'on appelle Jésus. »

« Alors, dit la maman, en baisant au visage
Chacun de ses enfants, où l'allégresse luit,
Prenez la liberté, mais que chacun soit sage
Comme l'Enfant-Jésus et pieux comme lui. »

Et les enfants joyeux descendent pêle-mêle,
Comme des faons légers, les sentiers des coteaux ;
L'agneau tout effaré s'enfuit rapide et bêle,
Et des buissons épais s'envolent les oiseaux.

Ils arrivent enfin à la pauvre chaumière
Où travaillait Joseph, le simple charpentier,
Jésus, assis tout près de sa mère en prière,
Caressait dans ses mains un superbe ramier.

« Bonjour, petit Jésus ! Bonjour, Vierge plus belle
Que les lis de nos champs quand ils sont dans leur fleur :
Mère nous a permis de nous éloigner d'elle,
Pour venir avec vous jouer, petit Seigneur !

« Bonjour, enfants chéris, petits amis fidèles,
Leur répondit Jésus, chérubins aux yeux bleus,
Cœurs innocents venus des voûtes éternelles,
Une prière au ciel, et commençons les jeux !

« Mais quel jeu voulez-vous ? » Leur allégresse folle
Leur fit alors chercher mille jeux différents.....
Les grands des plus petits méprisaient la parole,
Les petits refusaient ce que voulaient les grands.

Un enfant, dont le front brillait de l'auréole
D'un artiste naissant, fit entendre ces mots :
« Si nous allions là-bas pétrir la terre molle,
Nos mains en formeraient de beaux petits oiseaux.

Et tous de s'écrier : « C'est un trait de génie,
Allons vite là-bas, aux pieds des verts coteaux :
Joyeux, nous pétrirons la terre ramollie,
Et nous façonnerons de beaux petits oiseaux. »

Tous se mettent à l'œuvre. Et, dans la glaise bleue,
Leur mignonne main rose ébauche quelque trait.
Mais souvent, à la place où se trouve la queue,
On voit tout étonné que la tête apparaît.

Tous certes ne sont pas des sculpteurs émérites,
Mais tous veulent avoir un charmant oiselet,
Aux ailes sur le dos, ou grandes ou petites,
Ou mésange, ou pinson, linotte ou roitelet.

Vraiment dans ce musée étaient des choses rares,
Et chacun des enfants, le visage vermeil,
Exposait sur les rocs ces oiselets bizarres,
Pour les faire sécher aux rayons du soleil.

Jésus avait fait, lui, de douces colombelles ;
Et les autres enfants, groupés près du Sauveur,
Debout ou reposant sur les mousses nouvelles,
Disaient : « Petit Jésus, à vous, à vous l'honneur. »

Jésus laissa tomber son souffle et sa parole
Sur les oiseaux en terre..... Aux yeux émerveillés,
Tout cet essaim bientôt joyeusement s'envole
Avec des chants bien purs aux cieux ensoleillés.

Et les enfants voyant l'étonnante volée
Se glisser dans les airs vers le firmament bleu,
A l'aimable Jésus disaient, l'âme troublée :
« Vraiment, petit Jésus, êtes-vous le bon Dieu ?...

— Je le suis », dit Jésus..... Et la troupe enfantine,
Fléchissant les genoux sur les blocs de granit,
Adora de Jésus la puissance divine ;
Et Jésus étendit sa main, et les bénit !

Pareils à ces oiseaux, nos cœurs sont bien fragiles,
Ils sont rivés au sol : vous le savez, Jésus.
Pour les faire monter, sur des ailes agiles,
A votre cœur divin, soufflez, soufflez dessus !

« EGO LILIUM CONVALLIUM »

> Je suis le lis de la vallée.
> (*Cantique*, ch. ii, v. i.)

Hier, fatigué des vains bruits de la terre,
Dès le matin, je voulus m'en aller
Bien loin, au fond du vallon solitaire,
      Pour m'isoler.

Je partis donc, au lever de l'aurore,
Suivant joyeux les sentiers de gazon ;
Le beau soleil ne brillait pas encore
      A l'horizon.

Mais les oiseaux gazouillaient dans les branches
Et préludaient à leurs douces chansons,
En becquetant les fruits et les fleurs blanches
      Des verts buissons.

Des perles d'or pendaient aux brins des saules ;
En gambadant, l'insecte ou bien l'oiseau
Faisaient tomber sur mes jeunes épaules
      La goutte d'eau.

Et j'arrivai, foulant les pâquerettes,
Dans ce vallon, à l'ombre des grands bois,
Je souriais, en voyant les fleurettes,
      Comme autrefois.

L'aube jetait sa teinte blanche et rose...
Et tout encore était mystérieux ;
Vraiment au cœur on sentait quelque chose
      Venu des cieux.

Dans les rayons les hauts sommets des arbres
Se balançaient et prenaient leur essor ;
On aurait cru d'immenses fûts de marbres
      Couronnés d'or.

Dans un repli, au flanc de la colline,
D'où s'échappait sur les cailloux polis
Un ruisselet à l'onde cristalline,
      Je vois un lis.

Majestueux, dans ce profond silence,
Il élevait sa tige vers les cieux,
Fier et tranquille en sa belle innocence
      Et radieux.

La brise à peine agitait ses pétales
Et sur son front, à la pointe du jour,
L'aube semait ses lueurs virginales
      Avec amour.

Dans le cristal de sa coupe splendide,
Le corps roulé dans la poussière d'or,
En repliant son aile si rapide,
      L'abeille dort.

Vrais diamants, les gouttes de rosée
Font resplendir les feux de l'arc-en-ciel ;
On croirait voir une chaste épousée
      Devant l'autel.

Son doux parfum plane sur la vallée,
Parfum si pur que les anges de feu,
A deux genoux et la face voilée,
      L'offrent à Dieu.

Des monts altiers les neiges éternelles,
Les blancs manteaux de nos blanches brebis,
N'auront jamais des splendeurs aussi belles
      Que ce blanc lis.

Et je disais, frappé de ce mystère :
Beau lis des champs, de gloire revêtu,
Viens-tu du ciel ou viens-tu de la terre ?
        Qui donc es-tu ?

Un enfant blond, ayant une auréole,
Plus riche encor que celle des élus,
Parut alors au fond de la corolle.....
        C'était Jésus !

C'est moi, dit-il, le lis de la vallée ;
Des fleurs des champs je suis vraiment le roi !
Sois aussi lis, petite âme exilée,
        Lis comme moi !

SAINT JEAN-BAPTISTE ET L'ENFANT JÉSUS

Vocabitur Joannes.
Il sera appelé Jean.
(*S. Luc*, ch. i, v. 60.)

Quand Jean, le petit Jean, le fils de Zacharie,
        D'Élisabeth,
Vint voir le bel enfant de la Vierge Marie
        A Nazareth,

Déjà quatre printemps, sur l'aile de la brise,
        Avaient jeté
L'arôme des cactus, les parfums du cytise
        Et leur beauté.

Et Jean, le petit Jean, sur son mignon visage,
        Avait des fleurs
Les grâces, les attraits, le suave langage
        Et les couleurs.

Ses yeux purs comme un lac, par aucun vent d'orage
        N'étaient troublés....
Ses cheveux étaient blonds comme le lin sauvage
        Et tout bouclés.

Je veux, dit-il un jour, en prenant de sa mère
        Le bras tremblant,
Je veux montrer à Dieu, descendu sur la terre,
        Mon agneau blanc.

Ce Dieu, c'est cet enfant sans richesse et sans gloire
        Et sans renom,
Dont tu m'as dit souvent l'intéressante histoire
        Et le doux nom.

Des pauvres cœurs blessés, qui souffrent sur la terre.
C'est lui l'espoir,
C'est lui qui de l'amour doit dire le mystère....
Allons le voir !

Et Jean, le petit Jean, rayonnant d'allégresse,
Bien vite alla
Chercher son doux agneau qui broutait l'herbe épaisse
Et l'appela.

Il cueillit dans les bois, avec sa frêle branche,
La mimosa ;
Il orna de l'agneau l'épaisse toison blanche,
Et le baisa....

Puis il lui mit, joyeux, pour mieux le reconnaître,
Autour du cou,
Un ruban rose et frais.... l'agneau suivait son maître
Sans savoir où.

Là-bas, à Nazareth, à côté de sa mère,
Tenant sa main,
Jean descendit gaîment.... Sa course était légère,
Sur le chemin.

Après un long trajet dans l'herbette fleurie
D'un vert sentier,
Ils touchèrent enfin la demeure chérie
D'un charpentier.

Marie, Élisabeth, sous le palmier qui tremble,
Au bord de l'eau,
Parlaient du ciel.... Jésus et Jean jouaient ensemble
Avec l'agneau.

Jean, petit Jean, disait Jésus, l'enfant aimable,
Oh ! qu'il est beau ;
L'agneau qui vient manger et boire à notre table,
Ton doux agneau !

Plus blanche est sa toison que la neige si blanche,
    Où l'aquilon
Souffle... plus blanche aussi que le lis qui se penche
    Dans le vallon.

Sur moi son doux regard avec amour repose...
    Vois, petit Jean,
J'aime ses chastes fleurs, j'aime son ruban rose
    Bordé d'argent.

Oh ! vois comme il bondit, avec moi comme il joue,
    Se divertit !
Regarde.... maintenant, il vient baiser ma joue ;
    Pauvre petit !

Reste avec moi.... veux-tu, créature timide,
    Cher agnelet ?
Pour toi j'irai puiser l'onde la plus limpide
    Au ruisselet.

Moi, je te conduirai dans les vertes prairies,
    Proches de nous,
Et tu viendras manger les herbettes fleuries
    Sur mes genoux.

Et Jean dit à Jésus : Oh ! non, jamais personne,
    Petit Seigneur,
N'aurait eu mon agneau !.... Mais à vous je le donne
    De tout mon cœur.

Il est à vous, Jésus.... Il sait l'obéissance,
    Il vous suivra ;
J'en suis certain, mon Dieu,.... sa timide innocence
    Vous aimera....

Quand il vous donnera ses gentilles caresses,
    Jésus, mon Roi,
Pour qu'il garde longtemps ses premières tendresses,
    Parlez de moi....

A l'heure du départ, au lever de l'aurore,
Dans quelques jours,
Je veux le regarder et l'embrasser encore,
Mais pour toujours....

Pendant que Jean parlait, il passa sur la route
Un voyageur ;
Les enfants et l'agneau le ravissaient sans doute
Par leur bonheur.

Il s'arrêta longtemps.... puis, comme un flot tranquille
Suit l'autre flot,
D'autres vinrent encor du Thabor immobile
Et de Silo.

Et tous ils admiraient... Levant sa tête blonde,
Le petit Jean
Dit en montrant Jésus : C'est le Sauveur du monde,
Ce doux enfant....

O voyageurs, ployez vos genoux sur le sable,
Tardez un peu,
Vous verrez que Jésus est le Roi, l'Admirable,
L'Agneau de Dieu.

LA VIERGE AU NID

Invenit nidum manus mea.
Ma main a découvert un nid.
(*Isaïe*, ch. x, v. 14.)

C'était à la belle saison,
Un coup de vent ploya la branche...
Un petit nid de mousse blanche
    Roula sur le gazon.

Et le matin, lorsque l'aurore
Sur terre envoyait ses rayons,
On vit de pauvres oisillons
    Transis, sans plume encore.

Auprès de ce nid renversé
La mère était, l'aile tremblante,
Prise de terreur, chancelante,
    Sans voix, le cœur brisé.

Lors, au sentier de la prairie,
Une pucelle on vit venir....
J'en garde un chaste souvenir,
    On l'appelait Marie.

De rayons son front s'éclaira ;
Mais en voyant le nid de mousse,
Au cœur elle eut une secousse,
    Et la Vierge pleura.

Pauvres oiseaux, le vent, l'orage,
Ont dans vos cœurs semé l'effroi ;
Vous êtes nus, vous avez froid ;
    Mais, dit-elle, courage !

Le ciel est bon, il vous bénit,
Ayez pour lui reconnaissance,
Vivez pour chanter sa puissance
    Au bord de votre nid.

La Vierge alors mit sur la branche,
Et les cacha dans les rameaux,
La mère et les petits oiseaux,
    Le nid de mousse blanche.

A la maman du doux Jésus,
Voilà pourquoi toute mésange
Dit sa prière et sa louange,
    Quand tinte l'*Angelus*.

LE LIS DE LA VIERGE

Considerate lilia quomodo crescunt.
Voyez comment naissent les lis.

(*S. Matthieu*, ch. VI, v. 28.)

Joseph et son épouse avec l'Enfant Jésus,
    D'une course légère,
Allaient, pour obéir à des ordres reçus,
    Vers la terre étrangère.

Après avoir marché pendant douze longs jours
    Dans les sables arides,
Ils virent devant eux comme d'immenses tours....
    C'étaient les Pyramides.

Un palmier, qui croissait sur des rochers moussus,
    Leur fournit son ombrage,
Et des fruits savoureux, quand apparut Jésus,
    Ornèrent son feuillage.

Au milieu des cactus, un ruisseau parfumé
    Donnait son onde claire....
Et maintenant encor, ce séjour embaumé
    Se voit non loin du Caire.

Joseph, tout souriant et bénissant les cieux,
    Descendit de monture
La mère et son enfant, son enfant aux doux yeux,
    Près de la source pure.

Alors, pour endormir son fils sur ses genoux,
    La Vierge bienheureuse,
Sous le regard aimant de son très chaste époux,
    Chantait une berceuse.

Les anges accouraient et prenaient leur essor
    Des voûtes éternelles,
Pour unir les accents de leur cithare d'or
    Aux notes maternelles.

Au-dessus de l'enfant, et formant un arceau,
    Ils étendaient leurs ailes,
Bien plus douces cent fois que celles d'un oiseau,
    Et mille fois plus belles.

Les oiseaux se taisaient.... ils écoutaient, ravis,
    Les concerts angéliques ;
Même les rossignols n'émirent point l'avis
    D'y mêler leurs cantiques.

Le petit Enfant-Dieu sommeillait doucement
    Sur le sein de sa mère,
Et le ciel, à travers l'azur du firmament,
    Regardait sur la terre.

Mais Jésus s'éveilla.... Ce charmant oiselet
    Avait bien faim sans doute....
Que voulait ce mignon ? une goutte de lait,
    Une petite goutte.

La Vierge lui donna.... mais de son chaste sein
    S'écoula sur l'herbette
Un petit peu de lait.... Et Dieu fit à dessein
    Tomber la gouttelette.

Car aussitôt du sol une plante parut,
    Plus blanche que l'aurore.
Joseph, pour l'admirer, promptement accourut :
    Elle venait d'éclore.

Le ciel applaudissait, et la splendide fleur
    Inclina sa corolle
Sur le front de la Vierge, et sa blanche couleur
    Lui faisait auréole.

Et la Vierge étendit sa caressante main
    En signe de tendresse,
Et le lis, c'était lui, se redressa soudain,
    Frémissant d'allégresse.

Le saint Enfant Jésus, respirant son odeur
    Suave et parfumée,
De ma maman, dit-il, chaste et gentille fleur,
    Oh ! sois la bien-aimée !

La Vierge la cueillit et plaça sur son cœur
    La fleurette chérie....
Et cette fleur jamais ne perdit sa blancheur,
    Jamais ne fut flétrie....

Puis, un jour, de Marie on ouvrit le tombeau,
    Au fond de la vallée,
Et l'on trouva du lis toujours blanc, toujours beau,
    La robe immaculée...

Et les lis, depuis lors, parfument les jardins
    Et les champs de la terre ;
Et les lis, les blancs lis, aux parterres divins,
    Couronnent notre Mère.

Vierge, toi le vrai lis éclatant de splendeur,
    Plein de magnificence,
Reine de pureté, fais fleurir en mon cœur
    Les lis de l'innocence !

LA VIERGE AU LAVOIR

Ecce angeli accesserunt et ministrabant ei.
Les anges venaient et la servaient.

(S. Matthieu, ch. IV, v. 11.)

Quand le matin semait ses teintes roses,
Ses rayons d'or et d'argent à la fois
Sur les coteaux, sur la cime des bois,
Quand la lumière inondait toutes choses,
A Nazareth alors on pouvait voir
La Vierge au bord d'un rustique lavoir,
Quand le matin semait ses teintes roses.

Elle était là, dans toute sa beauté,
Le front orné d'un rayon de l'aurore;
On n'avait point dans l'univers encore
Vu tant de grâce et tant de pureté;
A deux genoux, près du ruisseau rapide,
Quand ses bras nus touchaient l'onde limpide,
Elle était là dans toute sa beauté.

Au Créateur elle offrait ses louanges
Et redisant la gloire de son Dieu,
Dans un doux chant qui montait au ciel bleu,
De son Jésus elle lavait les langes;
Pendant que lui, là-bas, dans son berceau,
Dormait tout seul comme un petit oiseau,
Au Créateur elle offrait ses louanges.

Pour l'assister, du ciel étaient venus
Des bataillons d'anges aux blanches ailes,
Accourant tous des sphères éternelles,
Cheveux au vent, les mains et les pieds nus.

Près de la Vierge ils prirent leur volée,
Car ces mignons à la robe étoilée,
Pour l'assister, du ciel étaient venus,

Ils avaient tous la chevelure blonde,
Beaux yeux d'azur, deux belles ailes d'or,
D'un seul coup d'aile en prenant leur essor
Ils auraient pu faire le tour du monde.
Tous sur la Vierge ils tenaient le regard,
Pour accomplir ses ordres sans retard...
Ils avaient tous la chevelure blonde.

En souriant la Vierge travaillait,
Et quand ses mains avaient lavé le lange,
Soudain des rangs sortait un petit ange,
Qui dans son vol plus loin le déployait
Sur les buissons, tout le long des prairies,
Sur les rosiers et leurs branches fleuries.
En souriant la Vierge travaillait.

L'un de Jésus portait la chemisette
Et l'étendait sur l'aubépine en fleur ;
L'autre sa robe à la fraiche couleur,
Et la mettait près d'un nid de fauvette,
Et tous chantaient, souriant au ciel bleu,
La Vierge sainte et la bonté de Dieu !
L'un de Jésus portait la chemisette.

Quand ils prenaient leurs rapides élans
Vers les buissons, les fleurs ou la verdure,
On croyait voir, c'est moi qui vous l'assure,
Des papillons rouges, jaunes et blancs ;
Ils étaient beaux... La Vierge immaculée,
Dans son labeur, se trouvait consolée
Quand ils prenaient leurs rapides élans.

Après avoir étendu chaque voile,
Ils revenaient promptement au lavoir,
Près de la Vierge, afin de la revoir...
Car c'est en vain que la Vierge se voile...

Eux sachant bien quelle était sa grandeur,
Ils acclamaient la Mère du Sauveur
Après avoir étendu chaque voile.

Prompts et joyeux, quand elle avait fini,
Ils se levaient, l'accompagnaient chez elle,
Portant chacun bien paqueté sous l'aile
Le linge sec par le soleil jauni...
Pour voir Jésus, ils couraient dans la plaine
Devant les pas de leur auguste Reine,
Prompts et joyeux, quand elle avait fini.

Dans nos travaux faisons une prière
Pour appeler les anges près de nous.
Ils descendront nous servir à genoux
Et nous donner ici-bas la lumière,
Et dans leurs mains, pour que nos cœurs un jour
Montent joyeux au céleste séjour,
Dans nos travaux faisons une prière.

LA VIERGE AUX ÉTOILES

Corona stellarum duodecim.
Elle avait une couronne de douze étoiles.
(*Apocal.*, ch. XII, v. 1.)

Derrière la colline, en empourprant la nue,
    Le roi des astres s'est caché ;
Tout est paix et mystère... et la brise est venue
    Lever des fleurs le front penché.

La Vierge était alors sous un épais feuillage
    Avec Jésus, le Fils de Dieu,
Écoutant des oiseaux le léger babillage,
    Et regardant vers le ciel bleu.

Jésus, baissant les yeux, les reporta sur celle
    Dont la beauté le ravissait :
Mère, dit-il, je veux te rendre encor plus belle...
    Et tendrement il l'embrassait.

Puis, élevant soudain sa mignonne main rose
    Vers les splendeurs du firmament :
O belle étoile d'or, viens, dit-il, et repose
    Au front de ma douce maman.

Une étoile obéit... Une autre... une autre encore,
    Et ce fut ainsi chaque fois
Qu'aux lèvres de Jésus un mot venait d'éclore
    Et qu'il levait ses petits doigts.

L'Enfant-Dieu s'arrêta quand la douzième étoile
    Du ciel eut traversé l'azur...
Et de sa mère alors écartant le blanc voile,
    Il découvrit le front si pur.

Je demande, dit-il, de tous les diadèmes
    Le plus beau pour ta pureté,
Et je veux de ce front que mes astres eux-mêmes
    Fassent resplendir la beauté.

Puis Jésus, en mettant sur ce front qui rayonne
    Un baiser doux comme le miel,
Y déposa joyeux la splendide couronne
    Des douze étoiles de son ciel.

LA VIERGE AUX BREBIS

Ecce veniebat cum ovibus.
Elle allait paître ses brebis.
(*Genèse*, ch. xxix, v. 9.)

Tout près de Nazareth, sur la bruyère rose,
    Aux flancs des hauts coteaux,
Sous les yeux d'une Vierge un troupeau se repose,
    Un blanc troupeau d'agneaux.

Ah! Dieu, quelle beauté dans la jeune bergère!
    Quel azur dans ses yeux!...
Ce doux rayonnement qui n'est pas de la terre
    Vraiment descend des cieux.

Sur sa lèvre entr'ouverte on devine des choses
    Plus douces que le miel,
Que ne comprennent pas les oiseaux et les roses,
    Mais qui montent au ciel.

Sur ses genoux posé, des divins interprètes
    Le volume est ouvert,
Et la Vierge paraît méditer des prophètes
    Le sublime concert.

Son doigt est arrêté sur le mot d'Isaïe :
    « La Vierge enfantera
Un fils, l'Emmanuel... ce sera le Messie,
    Celui qui sauvera ! »

Mais, taisez-vous, ô fleurs! charmants oiseaux, silence !
    Terre et ciel, à genoux !
Et vous, mes blancs agneaux, bondissant d'espérance,
    Chers agneaux, taisez-vous.

La Vierge va parler... et sa bouche vermeille
    Déjà s'ouvre à demi...
Un rayon vient du ciel et se fixe, ô merveille !
    A son front qui frémit.

Écoutez !... « Bienheureuse est la Vierge bénie
    Qui doit donner le jour
Au Fils de l'Éternel !... ô suave harmonie !
    Coupe pleine d'amour !

O lis immaculé ! belle rose mystique !
    Étoile du ciel bleu !
Vierge, je te salue en mon humble cantique,
    O Mère de mon Dieu !

Pourrai-je voir un jour cette tige féconde
    Du pays d'Israël,
Qui doit porter la fleur et donner à ce monde
    Le Fort, l'Emmanuel ?

Lève-toi sur la terre, aurore triomphale,
    Viens annoncer le jour.
Ouvre-toi toute grande, ô porte virginale,
    Laisse passer l'amour !... »

Et la Vierge se tut... mais là-bas dans les branches
    Tous les oiseaux chantaient,
Et les tendres agneaux aux belles toisons blanches
    De bonheur palpitaient.

On sentit l'univers d'une ivresse nouvelle
    Tout à coup tressaillir,
Et d'en haut descendit ce mot : Oui, c'est bien elle
    Que Dieu voulut choisir.

Et sur le flanc des monts la divine pucelle
    Ses blancs agneaux paissait,
Ne songeant nullement qu'elle-même était celle
    Que le ciel annonçait.

Le lendemain, dès l'aube, en son humble chambrette,
    Un ange descendit,

Dans sa prière alors la Vierge fut distraite,
    Mais cet ange lui dit :

Envoyé par mon Dieu, je descends de la nue,
    La paix soit dans ton cœur !
Au nom du Tout-Puissant, Vierge, je te salue,
    Mère du Rédempteur. »

. . . .

Afin que notre Dieu dans nos âmes s'épanche
    Avec sa charité,
Comme la jeune Vierge et si pure et si blanche,
    Aimons l'humilité.

LA VIERGE A LA ROSE

Et quasi flos rosarum in diebus verni.
Elle était belle comme la fleur du rosier au printemps.
(*Ecclésiastique*, ch. XL, v. 8.)

Vous avez vu parfois, sur une sainte image,
La Vierge immaculée et son Enfant Jésus,
Cueillant à pleines mains, le sourire au visage,
De belles roses d'or sur des rosiers touffus...
Vous n'avez pas cherché la clé de ce mystère,
Moi j'ai pensé beaucoup ; voyons, écoutez-moi :
Si la rose est la fleur de Jésus, de sa Mère,
Je vais dans quelques mots vous dire le pourquoi.

Un jour, à Nazareth, au fond de la vallée,
Sous les saules tremblants et sur les bords fleuris
D'un limpide ruisseau, la Vierge immaculée
Était avec Jésus. Déjà de tamaris,
De lis, de mimosas, l'Enfant avait des gerbes,
Quand il cria soudain, au détour d'un sentier :
Oh ! voici de mes fleurs vraiment les plus superbes !...
Puis il cueillit joyeux deux branches d'églantier.

Du rosier s'éleva tout un essaim d'abeilles
Qui salua Jésus en prenant son essor,
Laissant à l'Enfant-Dieu toutes les fleurs vermeilles
Où venaient se poser souvent leurs ailes d'or...
Et dirigeant ses pas vers la Vierge Marie
Assise au bord des eaux et qui lui souriait,
L'Enfant Jésus portait l'églantine fleurie,
Qui sur son front divin doucement ondoyait.

Mère, voyez, dit-il, cette fleur printanière ;
Et tous deux regardaient !... Aux pétales de feu
Des gouttes de rosée où jouait la lumière,
Se balançaient encor, vrai chef-d'œuvre de Dieu,
Quelques-unes des fleurs, au sein des feuilles vertes,
Montraient avec éclat leur front épanoui,
Et d'autres souriaient timidement ouvertes
Comme une lèvre pure épelant le mot : oui.

Et de toutes ces fleurs les lèvres empourprées
Laissaient monter au ciel le parfum le plus pur,
Ainsi qu'aux jours bénis, sous les voûtes sacrées,
On voit monter l'encens en spirales d'azur.
Leurs suaves odeurs imprégnaient l'atmosphère,
Et de blonds chérubins descendant du ciel bleu
Dans leurs encensoirs d'or recueillaient sur la terre
Cette haleine des fleurs pour la porter à Dieu.

La rose, dit Jésus, en caressant sa mère,
La rose doit fleurir au céleste séjour ;
Tout en elle, vois-tu, tout en elle est mystère,
Elle est comme le cœur l'emblème de l'amour...
Cette douce beauté qui charme et qui scintille,
Le feu de ses couleurs, c'est bien la charité,
Et cette fleur, un jour, oui, je veux qu'elle brille
Éclatante et vermeille à mon divin côté.

Et la Vierge rêvait... son œil triste repose
Du côté de Solyme, au delà du Thabor...
Jésus la regardait... Puis il dit : Cette rose
Est belle, mais je sais rose plus belle encor.
O rose du Carmel ! chaste rose mystique !
O suave parfum pour le cœur de ton Roi !
C'est moi qui t'ai chantée aux versets du Cantique !
O mère, cette fleur, cette rose, c'est toi !

Et Jésus étreignit cette rose fleurie,
Déposa sur son front le baiser le plus doux...
Sa fleur à lui c'était cette Mère chérie
Qui le tenait, pressé bien fort sur ses genoux.

Et brûlé d'un amour qui jamais ne se sèvre,
Jésus le bien-aimé, le bon Sauveur Jésus,
Aux lèvres de la Vierge approche alors sa lèvre
Pour boire les parfums de la fleur des élus.

. . . .

. . . .

Je crois vous avoir dit le pourquoi de la chose,
Je serais très heureux si tout ce que j'ai fait
Vous montre clairement que la Vierge à la rose
Rappelle une légende... Aurai-je satisfait?...
Je termine en disant : Veux-tu que Jésus presse
Ton cœur contre son cœur, t'aime de plus en plus?
Pour lui brûle d'amour et de sainte tendresse
Et tu seras aussi la rose de Jésus!

LES FILS DE LA VIERGE

Tulit mulier et expandit velamen.
Cette femme prit son voile et l'étendit.
IIe *Livre des Rois*, ch. XVII, v. 19.)

Dans ce temps de mystère, en la saison d'automne,
Dans ces jours où la brise a des secrets nombreux,
Le matin, dans les champs, quand l'aurore rayonne
Et répand sur les monts tout l'éclat de ses feux ;

A cette heure où l'oiseau dans les buissons s'éveille,
Pour chanter le soleil et toutes ses splendeurs,
Pour raconter joyeux ses rêves à l'abeille
Qui s'en va butiner aux calices des fleurs ;

A ces moments de calme où toutes créatures
Se donnent un sourire et se parlent tout bas,
Où l'on entend passer à travers les ramures
Des choses qu'on comprend mais que l'on ne dit pas,

Vous avez vu parfois voltiger dans l'espace
Des fils blancs comme neige et perlés de brouillard,
Emportés doucement par la brise qui passe ;
On dirait les cheveux longs et blancs d'un vieillard.

On les voit suspendus à la pointe des branches
Des gros chênes noueux, des verdoyants ormeaux ;
Ils scintillent ainsi que des rosaces blanches,
Dans les grandes forêts, au fond de leurs arceaux.

Sur les buissons touffus et sur toutes les haies,
Sur la frêle brindille où l'oiselet s'endort,
Sur les rameaux piquants du houx aux rouges baies,
S'étendent ces fils blancs avec des reflets d'or.

Au-dessus des chemins, dans la pure atmosphère,
On les voit s'élever dans l'éternel azur ;
Et cette arche de soie est tellement légère
Qu'un ange en y marchant la briserait bien sûr.

On a toujours nommé les fils blancs de la Vierge
Ces fils aériens... Vous ne savez pourquoi...
Sur un vieux parchemin à la lueur d'un cierge
Hier soir j'ai trouvé ; sans bruit, écoutez-moi.

Quand la Vierge Marie au-dessus des étoiles
Avec son sceptre d'or s'éleva dans les cieux,
Les séraphins chantaient et soutenaient ses voiles...
Mais sur terre on avait des larmes dans les yeux.

La Vierge s'en allait... Désormais sur la terre
Plus de parfums du ciel, d'ivresses pour les cœurs...
Mais des petits enfants qui chercheraient leur mère...
Voilà pourquoi les yeux sur terre avaient des pleurs.

La Vierge fut émue... et sur la haute cime
D'un nuage de pourpre elle arrêta ses pas ;
Puis, avant de reprendre au ciel son vol sublime,
En regardant la terre elle étendit les bras.

Et soudain au milieu de son brillant cortège
On vit de son front pur tomber tout doucement
Un beau voile plus blanc que la plus blanche neige,
Et ce voile ici-bas descendit lentement.

La terre en ce moment tressaillit d'espérance :
Elle joignit les mains et ploya les genoux...
Et la Vierge cria : Gardez la confiance :
Mon voile vous dira que je reste avec vous.

Et la terre depuis, la terre est consolée,
En voyant voltiger sur le buisson tremblant
De la Reine des cieux, la Vierge immaculée,
Les fils si gracieux du léger voile blanc.

Car il descend des cieux, soutenu par les anges ;
Sous ses plis odorants nous marchons ici-bas ;

Ces fils que nous voyons ce sont ses riches franges ;
Aimons-les toujours bien et ne les brisons pas.

Voilà donc le pourquoi de ces fils de la Vierge ;
Il me semble vraiment vous avoir répondu.
Dans le temple désert, à la flamme du cierge
Voilà ce que je vis... Avez-vous entendu ?

LA VIERGE AUX FLEURS

Florete, flores et date odorem.
Epanouissez-vous, ô fleurs, et donnez vos parfums.
(*Ecclésiastique*, ch. XXXIX, v. 19.)

Au milieu des bosquets, où, comme un nid d'oiseau,
Se cachait Nazareth, la Vierge immaculée,
Seule, un jour, méditait, sur les bords d'un ruisseau,
    Au fond de la vallée.

La douce Vierge allait, dans un étroit sentier,
Sous les arceaux épais, quand elle vit près d'elle,
Sur les rameaux touffus d'un antique églantier,
    Une rose nouvelle.

Salut! mignonne fleur, dit-elle en souriant,
O coupe étincelante où vient boire l'abeille,
Emblème de l'amour, ô perle d'Orient,
    Salut, rose vermeille!

La rose répondit : L'amour, ce n'est pas moi...
Mais ton cœur embrasé, c'est la mystique rose,
Où ton enfantelet, Jésus, ton petit Roi,
    Si doucement repose.

Salut, rose du ciel, la plus belle des fleurs!
A toi tous mes baisers!!... c'est toi la Souveraine!
A toi tous mes parfums et mes vives couleurs!...
    C'est toi, c'est toi, la Reine.

La douce Vierge allait... Les anges recueillis
Accompagnaient ses pas et lui faisaient cortège ;
Elle aperçut soudain un majestueux lis
    Plus blanc que de la neige.

Salut, ô chaste fleur! dit la Vierge aux cils d'or,
J'admire tes parfums et ta blanche parure;
J'aime ton blanc calice où l'abeille s'endort.
          Salut, ô fleur très pure!

Et le lis répondit : Vierge, la chasteté,
C'est toi, Mère du Christ, colombe toute belle!
En toi tout est candeur; la céleste beauté
          N'a point de tache en elle.

Salut, beau lis du ciel, la plus belle des fleurs!
A toi tous mes baisers, c'est toi la Souveraine!
A toi tous mes parfums et mes vives couleurs!
          C'est toi, c'est toi la Reine!

La Vierge allait toujours... Le ciel applaudissait,
Et les oiseaux joyeux donnaient leurs chansonnettes;
La Vierge vit au bord du ruisseau qui passait,
          De gentes violettes.

Salut, petite fleur, ô fleur d'humilité,
Dit la Vierge abaissant son beau regard limpide;
Ton parfum te trahit par sa suavité...
          Salut, ô fleur timide!

La violette dit : Mère du bon Sauveur,
Toi, dont l'âme vers moi doucement s'est penchée,
L'humilité, c'est toi... Je te cède l'honneur
          A toi, Vierge cachée!

Violette du ciel, la plus belle des fleurs,
A toi tous mes baisers, c'est toi la Souveraine!
A toi tous mes parfums et mes vives couleurs!
          C'est toi, c'est toi la Reine!

Et dans les champs, les prés et sur le bord des bois
Une voix s'entendit, voix douce et parfumée...
C'était la voix des fleurs qui toutes à la fois
          Chantaient la Vierge aimée :

Vierge de Nazareth, la plus belle des fleurs,
A toi tous nos baisers, c'est toi la Souveraine !
A toi tous nos parfums et nos vives couleurs !
C'est toi, c'est toi la Reine !

LA VIERGE AU RAISIN

Maturæ sunt uvæ ejus.
Ses raisins sont mûrs.
(*Apocal.* ch. xiv, v. 18.)

Blanche comme un beau cierge,
Et pure comme un lis,
La Vierge,
Là-bas, près d'un treillis,

Où la vigne et la rose
Grimpent en jets touffus,
Repose
Avec son doux Jésus.

La colombelle blanche
Fait pencher sous son nid
La branche,
Au sarment rajeuni.

Sa lente mélodie,
Qui s'entend chaque soir,
Supplie,
Pleine d'amour, d'espoir.

Le parfum de la rose
Au milieu du satin
Eclose
Monte à Dieu, le matin.

Sur le treillis aride,
La grappe au teint vermeil,
Avide,
Aspire le soleil.

Ces grappes qui recèlent
La suave liqueur,
   Appellent
Les yeux du doux Sauveur.

Il les regarde... et rêve...
Et son œil au ciel bleu
   S'élève
Jusqu'au trône de Dieu.

De cette rêverie,
De ce profond repos,
   Marie
Le tire par ces mots :

O mon enfant si tendre,
Désirez-vous encor
   Entendre
L'archange aux ailes d'or ?

Quel est donc ce mystère...?
Voyez-vous Bethléem ?
   — Non Mère,
Je vois Jérusalem.

Je suis dans le cénacle,
Où je dois faire un jour,
   Miracle,
Pour montrer mon amour.

Cette grappe vermeille,
Par un mot tout-puissant,
   Merveille !
Un jour, sera mon sang.

Et les hommes, sur terre,
De tout cœur m'aimeront,
   Ma Mère,
Quand mon sang ils boiront.

Elle viendra cette heure,
Et je lui tends les bras ;

> Demeure,
> Mère, tu la verras.

. . . .
. . . .

Là-haut la colombelle
Fit entendre une voix
　　　Plus belle
Encore qu'autrefois.

Devant tous ces prodiges
Le rosier fit fleurir
　　　Ses tiges
Pour chanter l'avenir.

La grappe favorite,
Sachant son heureux sort,
　　　Plus vite
Voulut mûrir encor.

Et la Vierge attendrie,
D'amour n'en pouvant plus,
　　　Marie
Embrassa son Jésus !

JÉSUS ET LES PETITS ENFANTS

Amplectebatur eos benedicebatque.
Jésus les embrassait et les bénissait.
(*S. Marc*, ch. x, v. 16.)

Comme un semeur laisse tomber son blé
Dans les sillons de ses plaines fertiles,
Sur l'Orient surpris et consolé,
Dans les hameaux, dans les bourgs et les villes,
Pendant trois ans, le doux Sauveur Jésus
Partout jeta sa parole féconde,
Pour relever les pauvres cœurs déçus,
Pour racheter et pour sauver le monde.

Sous le soleil, sous ses rayons brûlants,
Sur les chemins, blanchis par la poussière,
Aux bords herbeux des lacs étincelants,
Aux flancs des monts tapissés de bruyère,
Et près des champs où les épis dorés
Se balançaient doucement à la brise,
Jésus semait partout des mots sacrés,
Des mots puissants pour fonder son Église.

Mais à la fin de ses jours de labeur,
Et vers le soir, quand tout dans la nature,
Se reposait dans la douce fraîcheur,
Arbres, oiseaux, moissons, fleurs et verdure,
Alors Jésus, sous le feuillage épais
Des verts palmiers, demeurait solitaire ;
Dans ce moment pour lui c'était la paix
De vivre ainsi sous les yeux de son Père.

A cet instant où seul était Jésus,
Venaient à lui de tout le voisinage

Petits enfants au front pur, aux pieds nus,
Gais oiselets, au gracieux ramage.
Ils accouraient écouter les leçons
Du doux Sauveur, du beau Roi de l'enfance,
Petits et grands, fillettes et garçons,
Tous réjouis et pleins de confiance.

Entendez-les ces petits triomphants :
Courons ! courons ! c'est là-bas qu'il demeure,
Nous le savons, Il aime les enfants...
Auprès de lui maintenant c'est notre heure !
Bien vite allons embrasser ses genoux
Et recevoir ses plus douces caresses...
La fin du jour, Il l'a dit, c'est pour nous !
C'est le moment de ses grandes tendresses...

Puis ils couraient, les enfants aux yeux bleus,
Les enfants blonds aux chastes lèvres roses,
Laissant au vent flotter leurs longs cheveux,
Semblables tous aux fleurs fraîches écloses.
Aux plus petits les grands donnaient la main ;
Ils arrivaient criant à perdre haleine,
Leurs pieds joyeux au gazon du chemin
Marchaient pressés et l'effleuraient à peine.

Et les mamans suivaient à petits pas,
Portant serrés bien fort sur leur poitrine
Les tout mignons, ceux qui ne marchaient pas,
Les tout rosés comme fleurs d'églantine.
Ces chérubins, colombes aux doux yeux,
Frappaient contents leurs petites mains frêles,
Charmants oiseaux qui, pour voler aux cieux,
N'avaient besoin que de deux blanches ailes.

En les voyant tous accourir à lui,
Le bon Jésus leur montrait son sourire...
Puis il disait : Oui, je suis leur appui,
Laissez, laissez ; à tous je veux le dire :
J'aime ces cœurs qui sont des lis bien blancs ;
N'empêchez pas qu'ils chantent mes louanges,

Laissez, laissez tous ces petits enfants
Venir à moi... N'éloignez pas ces anges.

Oubliant tout, leurs jeux et leurs berceaux,
Aux pieds du Christ et garçons et fillettes
Étaient heureux comme un essaim d'oiseaux
Dans les buissons, au milieu des fleurettes.
Sans crainte aucune ils touchaient le Sauveur
Et réclamaient de sa bonté divine
De reposer leur tète sur son cœur,
D'être bercés sur sa sainte poitrine.

Et tout cela grimpait sur ses genoux,
Pour se coller à son divin visage.
Et, dans le bruit des baisers les plus doux,
On entendait leur sublime langage :
Jésus ! Jésus ! ô nom tout parfumé,
Nous vous aimons ! vous ètes l'espérance !
O notre Dieu ! notre Roi bien-aimé,
A vous nos cœurs ! Protégez notre enfance !!

En souriant Jésus les embrassait
Et leur parlait des Anges de son Père ;
Sa blanche main longtemps les bénissait,
Marquait leur front du signe salutaire.
Vraiment Jésus était Roi des enfants,
Dieu des petits, ami de la faiblesse,
Et ce spectacle aux charmes ravissants
Faisait couler des larmes d'allégresse.

. . . .

En ce moment, sur le chemin poudreux,
Là-bas au fond de la sombre vallée,
Des pharisiens, aux regards ténébreux,
Voyaient Jésus et sa douce assemblée.
L'un d'eux, alors, qu'on ne m'a pas nommé,
Poussa ce cri : Oui, maintenant c'est l'heure,
Il faut agir, car Il est trop aimé...
Il nous vaincrait... Amis, il faut qu'Il meure !

. . . .

LES ROSES DU CALVAIRE

Plantatio rosæ.
C'était un lieu planté de roses.
(*Ecclésiastique*, ch. XXIV, v. 18.

Au sommet du Calvaire
Le Sauveur succombait,
Et de la Croix sur terre
Le sang divin tombait...

Sur de fragiles branches
(On le dit, je le crois)
Etaient des roses blanches,
Juste au pied de la Croix.

Jésus sur sa poitrine
Inclina son doux front,
Déchiré par l'épine
Et blémi par l'affront.

Il voyait les fleurettes
Sur les rochers moussus...
Et toutes ces pauvrettes
Voyaient aussi Jésus...

Ces roses sur leur tige,
S'appuyant à la Croix,
Embrassaient, ô prodige !
Les pieds du Roi des rois.

Et le rosier modeste
Frémit étrangement...
Sous un souffle céleste
Grandit soudainement...

Ses fleurs compatissantes
Cherchaient avec ardeur
Les blessures béantes
De notre doux Sauveur.

Une d'elles s'empresse
Au flanc du Rédempteur
Et boit avec ivresse
Le sang du divin Cœur.

D'autres roses grandissent...
Et par divers chemins,
Toutes se réunissent
Pour baiser ses deux mains.

Là les fleurs s'arrêtèrent
Palpitantes d'amour,
Et toutes y restèrent
Jusqu'à la fin du jour

Ces roses, ô merveilles !
Perdirent leur blancheur
Et devinrent vermeilles
Dans le sang du Sauveur.

C'est depuis ce mystère,
Et ce moment sacré,
Que nous avons sur terre
La rose au teint pourpré.

Cette fleur éphémère,
Aimons-la toujours plus,
C'est la fleur du Calvaire,
La rose de Jésus !

L'ANGELUS PASCAL

Resurrexit.
Il est ressuscité.
(*Épitre aux Corinth.* ch. xv, v. 4.)

Petits enfants, faites silence :
Jésus vient d'entr'ouvrir les cieux ;
Regardez avec assurance,
Petits enfants, levez les yeux.
Le Saint des saints n'a plus de voiles ;
Entendez-vous l'*Alleluia ?...*
Les anges, les saints, les étoiles,
Entonnent l'*Ave Maria.*

Soudain, glissant à travers nues,
Le blond archange Gabriel,
Avec ses ailes étendues,
Sur un rayon descend du ciel.
Vite à genoux, chœurs de la terre,
Chantez, dit-il, l'*Alleluia.*
Faites monter, dans l'atmosphère,
Le céleste *Ave Maria.*

Allons, cloches des cathédrales,
Des chapelles et des beffrois,
Jetez vos notes triomphales
Sur la campagne, au fond des bois !
Sonnez ! sonnez ! cloches, clochettes,
Bourdons, sonnez l'*Alleluia.*
Mêlez vos voix, fraîches et nettes,
Et chantez l'*Ave Maria.*

Aussitôt, du haut des tourelles,
Des vieilles flèches, du clocher,

On entendit comme un bruit d'ailes
Du ciel sur terre s'épancher ;
Carillons et douces volées
Éparpillaient l'*Alleluia*,
Et des notes entremêlées
Murmuraient l'*Ave Maria*.

Et ces mélodieux cantiques
Planaient au-dessus des forêts,
Caressant les chaumes rustiques,
Les moissons d'or et les guérets ;
Et les fleurs, à cette harmonie,
Unissaient leur *Alleluia*,
Disaient, à la Vierge bénie,
Mille et mille *Ave Maria*.

Et toujours plus riche en merveilles,
La voix passait sur les grands prés ;
Les papillons et les abeilles,
Surpris par ces concerts sacrés,
Laissaient les fleurs et les brins d'herbe
Pour murmurer l'*Alleluia*.
Vraiment c'était chose superbe
D'ouïr leur *Ave Maria*.

Et les oiseaux, sous le feuillage,
En entendant des sons si doux,
Disaient : D'où vient ce beau langage ?
Qui peut donc chanter mieux que nous ?
C'est, répondirent deux mésanges,
Un chant nouveau : l'*Alleluia*,
Conduit par la voix des archanges ;
Une ! deux ! *Ave Maria !*

Et tous chantaient.... La douce brise
Disait le saint nom de Jésus,
Et la goutte d'eau qui s'irise
Tremblait au son de l'*Angelus*.
Qu'il était beau, dans la nature,
L'universel *Alleluia* ;

Et cette voix, qu'elle était pure,
Murmurant l'*Ave Maria !*

Joignant leurs mains et tous ensemble
Petits garçons aux blonds cheveux,
Beaux vieillards à la voix qui tremble,
Et jeunes filles aux yeux bleus,
A deux genoux, dans la poussière,
En répétant *Alleluia,*
Au ciel chantaient une prière,
Et disaient *Ave Maria.*

LE CHANTRE DU SAINT-SACREMENT

Adoremus in æternum sanctissimum
Sacramentum.
    Adorons à jamais le très saint Sacre-
ment de l'autel.

            (*Prière de la liturgie.*)

Dix-huit cent quatre-vingt, aux pages de l'histoire,
A laissé pour la France une sombre mémoire.
Bien des regards alors se sont voilés de pleurs,
Des âmes ont souffert d'indicibles douleurs.
Au pouvoir, en ce temps, trônait en souveraine
La fille de Satan, qu'on appelle la Haine,
Portant comme autrefois, sur son front irrité,
Le long voile trompeur de la légalité.
Clairon rauque et sinistre, un jour sa voix éclate...
Ses suppôts sont présents : Hérode, Anne et Pilate.
Elle voit accourir ses bourreaux, ses soldats ;
Elle appelle les Juifs pour payer les Judas.
Tout est prêt.... et la Haine indique ses victimes....
Ce fut alors l'instant des horreurs et des crimes :
Les ministres du Christ arrachés du saint lieu
Sont poussés en exil à cause de leur Dieu,
Et par des scélérats entrés au sanctuaire,
La sainte croix brisée et renversée à terre ;
Les chrétiens refoulés, insultés dans leur foi....
Et cela, disait-on, c'était de par la loi ;
Mais on vit plus encore, en ces jours de détresse,
Et ce fut des chrétiens la suprême tristesse :
Comme à Jérusalem, oui, le crime est allé
Prendre le Christ lui-même et l'a mis sous scellé !...

.   .   .   .

Or, au sein du Bocage, au milieu des grands chênes,

Où l'on vient vénérer la Vierge de Beauchênes,
Vivaient, vêtus de blanc et du rochet de lin,
Les enfants bien-aimés du grand saint Augustin.
On goûtait de leur chant la douce mélodie ;
Et dans le temple saint leur lente psalmodie
Attirait chaque jour, de plus en plus nombreux,
Les pieux Vendéens.... C'était le temps heureux.
Mais un jour, dans les airs, passe un grand cri d'alarmes,
Dans les sentiers ombreux on voit luire des armes....
De la Haine c'étaient les sinistres soldats,
Armés de pied en cap, mais, Dieu ! pour quels combats !
Pour briser les verroux d'un pauvre monastère,
Chasser ceux qui priaient et Dieu du sanctuaire !
Ils se mettent à l'œuvre, en vulgaires bandits,
Ivres et souriants comme font les maudits.
La foule des chrétiens est là qui les entoure....
L'on redoute parfois qu'une étincelle coure
Chez ces fiers Vendéens, qui sont fils de géants,
Pouvant broyer d'un coup ces lâches mécréants.
Mais on a fait appel à leur foi, tout à l'heure ;
Le vaillant obéit, mais le fidèle pleure ;
Et l'on entend monter, du cœur de ces héros,
Une prière au Christ en faveur des bourreaux.
Mais, la hache à la main, les hideuses cohortes
Viennent en blasphémant à l'attaque des portes.
Les ferrures, le bois, sous les coups redoublés,
Jonchent partout le sol, les murs sont ébranlés....
La brèche est faite.... Entrez, triomphateurs sublimes !
Et maintenant allez, là-bas sont vos victimes....
Ils vont.... et, pénétrant sous les cloîtres bénis
Où les oiseaux du ciel bâtissent leurs doux nids
(Car les petits oiseaux sont les amis des moines),
Ils arrivent troublés aux chambres des chanoines,
Sous prétexte légal lisent un arrêté,
Et le prêtre, par eux durement insulté,
Mais acclamé cent fois de la foule accourue,
Par la force publique est jeté dans la rue....
La Haine applaudit, mais trouve que c'est trop peu.
Et poussant ses soldats vers le temple de Dieu :

Allez, dit-elle, allez ! maintenant voici l'heure
D'enclore par vos mains leur Dieu dans sa demeure....
La Haine est entendue. Et le temple est fermé
Par les scellés publics.... Le crime est consommé !
Les amis de Jésus, dans la pieuse enceinte,
Ne pourront plus prier. O victime très sainte,
Est-ce vrai ? Non, l'Enfer ne peut être vainqueur,
Et Jésus, prisonnier, a son consolateur....

. . . .

Un bon petit oiseau, que nourrit un grain d'orge,
L'ami de la chaumière, un frêle rouge-gorge,
Vivait depuis longtemps au milieu des buissons
Des saints religieux. Il mêlait ses chansons
Aux splendides accords de l'orgue de l'église.
Perché non loin du chœur, sur une pierre grise,
Il chantait avec ceux qui chantaient au lutrin :
Bien peu se souciait que ce fût du latin.
Il était attentif au moment de l'office ;
Tout dévot se tenait aussi bien qu'un novice.
Son aile applaudissait quand il voyait, au chœur,
D'un saint recueillement le calme et la ferveur.
Mais malheur au distrait qui, par étourderie,
Commettait une erreur ; alors la moquerie
Jaillissant de son bec, longtemps et sans merci,
Répétait en sifflant : Peut-on broncher ainsi ?
Bref, c'était un oiseau comme on n'en voit plus guère.
Les chanoines l'aimaient ; de tous, au monastère,
C'était l'enfant gâté ; les frères de leur pain
Lui donnaient le meilleur, lui choisissaient son grain.
Quand la Haine arriva, conduisant la discorde,
Avec ses *crocheteurs*, gens de sac et de corde,
De ce pieux oiseau le cœur avait tremblé,
Et quand en mille éclats la porte avait volé,
Il s'était dit tout bas, l'âme pleine d'alarmes,
Et les deux yeux voilés par de brûlantes larmes :
Mon Dieu, que veulent donc aujourd'hui ces gens-là ?
La fin de l'univers, ça doit être cela.
A l'heure où ses amis, chanoines et novices,
Partirent ; quand au temple il ne vit plus d'offices,

Il tomba presque mort, la tête sur son nid,
En s'écriant : Pitié ! mon Dieu, tout est fini !
Bientôt, autour de lui, se fit un grand silence;
Le pauvre rouge-gorge, accablé de souffrance,
Voulut revoir sa place aux verrières du chœur;
Par une vitre ouverte il regarde.... O bonheur !
Jésus est encor là !... Dans la lampe fidèle
La flamme donne encor sa brillante étincelle....
Au tabernacle saint, sous les tentures d'or,
L'oiseau le reconnaît, Jésus réside encor !
Cela lui rend la vie, il redresse sa taille ;
Puis il se dit soudain : Afin qu'il ne s'en aille,
Eh bien ! je vais chanter, chanter de tout mon cœur;
Je veux de Jésus-Christ être un consolateur.
Le livre reste ouvert sur le lutrin mobile,
Tous les bancs sont déserts, j'ai la place facile ;
J'ai perdu mes amis, les chanoines pieux,
Pour eux je vais prier, je vais chanter pour eux.
Et de fait il chanta... Mon Dieu, les belles choses
Qu'il disait à Jésus !... Il lui parlait des roses,
Il l'appelait le lis éclatant de blancheur,
Lui donnait sa prière et l'amour de son cœur ;
Il disait que Jésus est roi de la nature,
Qu'il a droit aux parfums, aux fleurs, à la verdure,
Que tout doit le bénir et chanter ses bienfaits,
Qu'il est la Providence et le Dieu de la paix.
Puis il invitait l'homme à venir reconnaître
Le Jésus de l'autel pour son souverain maître.
Pendant trois jours ainsi, par ce chanteur ailé,
Dans son isolement Jésus fut consolé.
Puis ayant obtenu, non sans peine et misère,
De garder à nouveau leur pauvre monastère,
Deux bons religieux, rendant grâces au ciel,
Se mirent à genoux au pied du saint autel.
Et, prenant le ciboire, ils quittèrent l'enceinte
Du temple profané. La lampe fut éteinte....
L'oiseau suivit leur pas, et bien longtemps encor
Chanta près de l'autel.... Mais enfin il est mort.
Il est mort en chantant la blanche et sainte hostie,

En célébrant Jésus dans son Eucharistie.
Un chanoine, dit-on, se trouvant près de là,
Surprit son dernier mot.... c'était le *Gloria !*...
Que ce fait si touchant ranime dans votre âme
Pour le Dieu de l'autel la vive et pure flamme !
Cet oiseau merveilleux vous plaît assurément ;
Aimez donc comme lui le très saint Sacrement.

LA PROCESSION DU SAINT SACREMENT

Cucurrit puella et nuntiavit.
La jeune fille courut annoncer cette
nouvelle.

(*Genèse*, ch. XXVI, v. 28.)

Au milieu des ajoncs, dans les landes fleuries,
En Bretagne, là-bas, non loin de Ploërmel,
Dans une humble chaumière aux murailles flétries,
Sur un lit de douleur mourait le vieux Joël.

Femme, dit le vieillard, allons, pas de tristesse !
Je vais quitter la terre et partir avant peu ;
Va chercher le recteur et dis-lui qu'il se presse,
Car, avant de mourir, j'ai besoin du bon Dieu.

La vieille Anna comprit et mit sa coiffe blanche ;
Tout le long du chemin elle eût voulu courir....
Venez, venez, le fruit ne tient plus à la branche,
Dit-elle au bon curé, mon homme va mourir !

Et le recteur allait sur la pelouse verte,
Portant, enveloppé dans une écharpe d'or,
Le ciboire en vermeil, et, tête découverte,
Un clerc aux cheveux blancs marchait avec effort.

Ils se pressaient tous deux, la sueur au visage ;
Joël pouvait passer de moment en moment....
Or, voici que soudain, au cours de ce voyage,
Une hostie échappa, je ne sais point comment.

Recteur et sacristain poursuivirent leur route,
Les yeux à l'horizon, ne se doutant de rien....
Joël reçoit son Dieu ! saintement il écoute
Les derniers mots du prêtre.... et meurt en vrai chrétien.

Et pendant tout ce temps la sainte Eucharistie
Reposait doucement, au milieu du sentier,
Sur les pétales blancs, comme la pure hostie,
Et tombés tout exprès d'un buisson d'églantier.

Tout à coup, le chemin de rayons s'illumine ;
Et les petits oiseaux étonnés, curieux,
Désertent à l'envi la plaine et la colline
Pour voir plus sûrement ce fait mystérieux.

On n'entendait partout que bruissement d'ailes.
La route était couverte, et par tous les sillons,
A travers le ciel bleu, des bruyères nouvelles,
Il en venait toujours de nombreux bataillons.

Tout cela pépiait de diverse manière,
Mais tous jetaient ces cris mille fois répétés :
Que veut dire en ce lieu cette grande lumière ?...
Une mésange dit : Mes frères, écoutez....

Je compte des aïeux issus d'illustre branche,
Habitants de l'église et des clochers moussus ;
Ils m'ont dit que le prêtre, au sermon du dimanche,
Montrait ce petit pain et l'appelait Jésus.

Voilà donc notre Dieu ! courbons bien bas la tête....
Et la mésange alors se prosterne humblement.
Tous les petits oiseaux, sans aucune autre enquête,
Adorent tout joyeux le très saint Sacrement.

Et chacun d'eux disait : Jésus, ô notre maître,
Protégez les oiseaux et gardez bien leur nid ;
Nos cœurs à votre amour savent vous reconnaître ;
Jésus, ô Roi des rois, soyez toujours béni !

Non loin de là passait une gente fillette
De dix ans tout au plus, au cœur bien bon, bien pur.
Elle allait et venait tout comme une fauvette ;
Elle entendit ces chants qui montaient dans l'azur.

Elle approche, elle voit.... Alors dans la lumière
Elle abaisse son front comme ont fait les oiseaux ;

La fillette comme eux fait aussi sa prière....
Est-il donc ici-bas de spectacles plus beaux ?

Avec la rose blanche elle élève l'hostie,
De ses doigts la soutient, mais ne la touche pas.
Elle sourit au ciel, et la voilà partie....
Mais les petits oiseaux veulent suivre ses pas.

Deux rossignols savants près d'elle prennent place ;
Derrière chacun d'eux, tous les autres oiseaux
Se rangent à la file avec ferveur et grâce....
C'est fait.... Les rossignols entonnent les morceaux.

Le cortège avançait ; ces voix aériennes,
Palpitantes d'amour et de sonorité,
Chantent superbement les prières chrétiennes :
Sacris solemniis et le beau *Laudate*.

Et pendant ce temps-là, la fillette, ravie
Comme on l'est dans le ciel, doucement souriait ;
Abaissant son regard sur la petite hostie,
Comme aussi dans le ciel la fillette priait.

Lauda, lauda Sion, modulent les choristes,
Et le chœur tout entier fait monter vers les cieux
Des sons presque divins, de vrais accents d'artistes....
Vraiment je puis douter qu'au ciel on chante mieux.

Mais on commence à voir l'église du village,
Voilà la croix, là-bas ! on est presque arrivé ;
La fillette fait signe, et, sous le vert feuillage,
Les chantres, pleins d'amour, entonnent un *Ave*.

Ave verum corpus !! quelle douce harmonie !!
L'ange, pour écouter, se penche de là-haut.
Il est né, ce Jésus, de la Vierge bénie,
Ave ! Les rossignols commandent piano.

Et le chant s'adoucit en suave tendresse,
Pieux comme l'aurore au lever d'un beau jour ;
La prière succède aux hymnes d'allégresse....
Puis enfin tout s'éteint dans un soupir d'amour....

La fillette a remis, entre les mains du prêtre,
Son dépôt précieux ; et de larmes voilés
Ses yeux fixent encor son Jésus, son bon Maître....
Et les petits oiseaux se sont tous envolés !....

De ce fait ravissant, unique dans l'histoire,
Les Bretons font récit à leurs nombreux enfants.
Chez les petits oiseaux, on en garde mémoire.
Et tous en parleront encore bien longtemps.

LE ROUGE-GORGE DU CALVAIRE

Viderunt novam creaturam avium.
On vit une nouvelle espèce d'oiseau.
(*Livre de la Sagesse*, ch. XIX, v. 11.)

Jésus était en croix.... Son corps brisé des coups
Qu'il avait des bourreaux reçus sans une plainte,
Ce corps qui des douleurs portait la dure empreinte,
Au gibet de la mort tenait par quatre clous.

Son front était percé d'une cuisante épine,
Ses yeux étaient gonflés de larmes et de sang ;
Et sa tête.... pourtant celle du Tout-Puissant....
Sa tête retombait bien bas sur sa poitrine.

Sur son épaule sainte, on voyait de la croix
Le douloureux sillon.... De la chair écrasée
Sortait une abondante et sanglante rosée,
Comme aux champs de bataille en paraît quelquefois.

Les lanières de cuir et les verges sifflantes
Avaient mis sa poitrine et ses bras en lambeaux ;
Sous cette chair meurtrie on comptait tous les os :
On ne voyait partout que blessures béantes.

Et le sang ruisselait le long du pauvre corps,
Jusqu'au dernier soupir, jusqu'à l'instant suprême ;
Non, personne jamais ne souffrira de même ;
Nul n'a souffert ainsi parmi ceux qui sont morts.

Au moment où Jésus était dans ce martyre,
Tout à coup, dans les cieux le soleil se voila,
La nuit se fit partout et la terre trembla ;
Les humains avaient peur et ne savaient quoi dire.

Or Jésus était seul, tout seul et sans appui,
Nul ne vint lui donner une bonne parole ;
Non, Jésus n'avait pas ce qui calme et console,
Un ami bienfaisant.... tous les siens avaient fui....

La mort allait bientôt, dans ses voiles funèbres,
Envelopper un Dieu.... quand le divin Sauveur,
Oubliant un instant son immense douleur,
Surprit un léger bruit au milieu des ténèbres.

Sur son front qui penchait toujours de plus en plus,
Un tout petit oiseau soudain se fit entendre ;
Son chant, doux et plaintif et facile à comprendre,
Fit un instant plaisir au pauvre bon Jésus.

Puis cet oiseau, soudain cessant son doux ramage,
Voulut tirer l'épine au front de l'Homme-Dieu.
Le respect tout d'abord le retenait un peu,
Mais l'amour fut plus fort.... Il se mit à l'ouvrage.

Et de son petit bec et de ses petits pieds,
Il essayait en vain... Sur cette tête blême,
On avait enfoncé le sanglant diadème
Trop bien pour qu'il cédât aux efforts déployés.

Cesse, lui dit Jésus, mignonne créature,
Ton labeur est sans fruit... Je suis content de toi,
Reprends, reprends ton vol, laisse mourir ton Roi,
Ta force est bien trop faible et l'épine est trop dure.

Mais l'oiseau travaillait.... Des larmes plein les yeux,
Il implorait tout bas les chérubins, les anges,
Et pour voir si vraiment les célestes phalanges
Venaient à son secours, il regardait les cieux.

Cesse... lui dit Jésus. Mais sur la croix sanglante,
L'oiseau compatissant fit un dernier effort.
Percé par une épine au cœur.... il tomba mort,
Et Jésus sur son front vit son aile pendante....

Jésus lui dit alors : « Je suis le Tout-Puissant ;
Moi, je te rends la vie... et ma bonté divine

Va placer sur ton cœur traversé par l'épine
Comme un doux souvenir, une tache de sang....

L'oiseau partit .. C'est lui qu'un grain de mil ou d'orge,
Au milieu des hivers, attire près de nous ;
Il vient les becqueter jusque sur nos genoux,
Et nous connaissons tous le gentil rouge-gorge.
     .   .   .   .

Consolons, nous aussi, Jésus dans sa douleur,
Nous recevrons de lui, pour notre récompense,
Le bienfait le plus grand de sa toute-puissance :
La goutte de son sang sur notre pauvre cœur.

LES PAQUERETTES

Erat circumdata margaritis.
Il y avait partout des perles.
(*Apocal.*, ch. xvii, v. 4.)

Jésus, sous la pierre scellée,
Depuis trois jours, dans le tombeau,
Jésus dormait... Dans la vallée,
On n'entendait aucun oiseau ;
Le zéphir était sans caresse
Et la prairie était sans fleur...
Tout sommeillait dans la tristesse
Depuis la mort du Créateur.

Mais quand Jésus par sa puissance,
Au jour de Pàques, le matin,
Glorieux du tombeau s'élance
Comme un vainqueur, un souverain,
En grande foule et pleins de gloire
Les anges viennent du ciel bleu
Pour célébrer cette victoire,
Et le triomphe de leur Dieu.

En entendant leurs doux cantiques,
Tous les oiseaux, dans les buissons,
Aux cantilènes angéliques
Unissaient leurs douces chansons.
Gloire à Jésus ! disent les Anges,
Gloire au Seigneur ressuscité !
Gloire ! répondent les mésanges,
Amour, honneur à sa beauté !

Et détachant les perles blanches
De leurs colliers mystérieux,

Les anges, à travers les branches,
Les font tomber du haut des cieux ;
Ils en parsèment la bruyère
Et les gazons et les halliers,
Les monts, les bois et la clairière,
Le bord de tous les verts sentiers.

Et ces perles, par un prodige,
Se changent en petites fleurs,
Ayant toutes feuilles et tige
Et de ravissantes couleurs ;
De délicats et blancs pétales
Autour d'un joli bouton d'or,
De leurs dentelles virginales
Forment un merveilleux décor.

Toute la terre est recouverte
De mille et mille diamants,
On croirait voir, dans l'herbe verte,
Les étoiles des firmaments.
Et le petit oiseau se penche
Sur la feuille de son rameau,
Pour sourire à cette fleur blanche
Qui sourit de même à l'oiseau.

Jésus, dont les yeux s'illuminent
De l'honneur immortel des cieux,
Regarde ces fleurs qui s'inclinent
Sous ses beaux pieds victorieux ;
Et célébrant dans leur langage,
Son nom, sa gloire et sa beauté,
Elles acclament le passage
Du Dieu Jésus ressuscité.

La légende dit, pour conclure,
Que cette fleur vient au printemps,
La première après la froidure,
Et que la Pâque c'est son temps.
Aussi, ces mignonnes fleurettes,
Naissant près du divin tombeau,

On les nomme les pâquerettes....
Ce nom, je l'aime, il est bien beau.

Il dit encor cette parole
(Le manuscrit que j'ai cité) :
La pâquerette est le symbole
De la belle simplicité.
Fleurissons bien notre parterre,
De cette fleur au nom si doux :
Nous serons heureux sur la terre,
Car Jésus passera chez nous.

LE MANUSCRIT DE SAINTE ANNE

Visitavit Dominus Annam.
Le Seigneur visita sainte Anne.
(*I Livre des Rois*, ch. II, v. 21.)

Dans les rayons de ma bibliothèque,
Hier je fouillais des livres vermoulus ;
Je les aurais et par douzaine et plus
Fort bien donnés au prix d'une sapèque.
Pourquoi, comment étaient-ils venus là ?...
Je ne sais point... Mais enfin les voilà
Dans les rayons de ma bibliothèque.

Je suais fort en prenant ces bouquins,
Pour les changer et les mettre en leur place ;
Je m'efforçais, en voyant quelque trace,
De déchiffrer titres grecs ou latins.
Mes yeux lassés par la lueur des lampes
N'en pouvaient plus... mes doigts avaient **des crampes**...
Je suais fort en prenant ces bouquins.

Dans un missel datant de Charlemagne
Que j'entr'ouvris, je remarquai soudain
Un vieux, très vieux, mais très vieux parchemin.
Avec le soin que la crainte accompagne,
Je déployai l'antique manuscrit.
Tout en latin dedans c'était écrit
Dans un missel datant de Charlemagne.

Autour du texte en splendides traits d'or,
Partout brillaient de naïves gravures,
Des angelets aux mignonnes figures,
Et des oiseaux qui prenaient leur essor ;
Un moine avait sans doute mis ses veilles

Pour concevoir et peindre ces merveilles
Autour du texte en splendides traits d'or.

J'étais ravi de ces choses antiques
Qui me disaient, après plus de mille ans,
La piété, l'amour des anciens temps.
La pureté de ces lettres gothiques
Qui recouvraient tout ce vieux parchemin
Montrait qu'alors on était docte. Enfin
J'étais ravi de ces choses antiques.

Et je finis par lire le latin ;
Je fis appel à toute ma science...
Sans vanité je crois dans l'occurrence
Avoir compris mon très vieux parchemin.
Mon vol d'abord ne fut pas très rapide,
Mais je devins de moins en moins timide,
Et je finis par lire le latin.

Je l'ai traduit dans la langue française
Pour être utile aux lecteurs d'aujourd'hui.
Car sûrement ils sécheraient d'ennui
S'ils ne voyaient et comprenaient à l'aise.
Des vieilles mœurs, de leur simplicité
Pour conserver la naïve beauté,
Je l'ai traduit dans la langue française.

Voici : « Lecteur, chassez ce souvenir
« Si vous avez, dans quelque mauvais livre,
« Lu que sainte Anne avait cessé de vivre,
« Quand ici-bas Jésus voulut venir.
« Moi, je le sais, Jésus vit sa grand'mère.
« De ces auteurs qui disent le contraire.
« Ami lecteur, chassez le souvenir.

« A Nazareth, pendant quelques années,
« La bonne sainte, auprès du doux Sauveur,
« De demeurer eut l'insigne bonheur.
« Vieille elle était... ses mains étaient fanées,
« Mais sur son front brillait un rayon d'or,
« Et ce rayon on l'aperçut encor
« A Nazareth pendant quelques années.

« Ce sont ses mains qui berçaient l'Enfant-Dieu
« Lorsque la Vierge était à quelque ouvrage
« De l'atelier ou de l'humble ménage ;
« Sainte Anne alors chantait un petit peu,
« Pour endormir le mignon dans les langes ;
« Et quand sa voix chantait avec les anges,
« C'étaient ses mains qui berçaient l'Enfant-Dieu.

« Sa lèvre pâle avait un doux sourire
« Quand à Jésus elle tendait ses bras
« Pour lui montrer à faire quelques pas.
« C'était bien beau quand on l'entendait dire :
« Venez, Jésus, venez, ne craignez rien,
« Mes doigts tremblants seront votre soutien.
« Sa lèvre pâle avait un doux sourire.

« Quand il était assis sur ses genoux,
« Voyant sur lui ce beau front qui se penche,
« Il caressait sa chevelure blanche
« Et lui disait en termes les plus doux :
« Bonne grand'mère, oh ! tu sais si je t'aime !
« Sainte Anne alors avait bonheur suprême
« Quand il était assis sur ses genoux.

« Son allégresse était plus vive encore,
« Quand l'Enfant-Dieu, souriant tout à coup,
« Passait ses bras fortement sur son cou,
« Pour lui donner quelque baiser sonore.
« En ce moment tous ses membres perclus
« Étaient vaillants pour enlacer Jésus.
« Son allégresse était plus vive encore.

« Je vous ai vu, Jésus, je puis mourir,
« Disait sainte Anne en répandant des larmes ;
« Dans mes vieux jours, Seigneur, j'ai vu vos charmes !
« Mon Dieu ! mon Dieu ! laissez-moi vous bénir !
« J'étais stérile, et je devins féconde :
« Ma fille, un jour, donna le Roi du monde ;
« Je vous ai vu, Jésus, je puis mourir !

« Jésus disait : Réjouis-toi, grand'mère ;
« Moi, je mettrai la couronne à ton front

« Lorsque la terre et le ciel s'uniront
« Dans un baiser dans les bras de mon Père.
« Alors toujours tu seras près de moi !
« A la douce Anne, ami, voilà pourquoi
« Jésus disait : Réjouis-toi, grand'mère. »

Le manuscrit ainsi se terminait :
« Du bon Joseph et de la Vierge aimante,
« Qui contemplaient cette scène charmante,
« Le beau visage alors s'illuminait.
« Puis, ils allaient, pleins d'une sainte ivresse,
« Près de Jésus chercher une caresse. »
Le manuscrit ainsi se terminait.

Deux doigts plus bas, avec autre écriture,
Étaient tracés ces trois mots en latin,
A droite un peu du très vieux parchemin :
Ora pro me. C'était la signature.
Alors ma main subitement trembla;
J'étais ému de voir ces trois mots-là
Deux doigts plus bas, avec autre écriture.

A deux genoux, avec profonde foi,
Je répandis près de Dieu ma prière
Pour ce vieux moine endormi sous la pierre.
Faites de même : intercédez pour moi.
J'ai déchiffré pour vous cette légende;
Pensez à moi : ma misère est bien grande ;
Priez, priez, avec profonde foi.

DEUXIÈME PARTIE

CRIS DE L'AME

CRIS DE L'AME

LE BIEN-AIMÉ

Veni, dilecte mi.
Viens, ô mon bien-aimé.
(Cantique, ch. VII, v. 11.)

I

Au retour du printemps, sous les feuilles nouvelles,
Dans les bosquets fleuris, au fond de nos grands bois,
Quand des petits oiseaux les gammes solennelles
Se font entendre au loin et toutes à la fois,
Mon âme sait goûter ces douces cantilènes,
Ces hymnes triomphants, ces cantiques d'amour ;
Dans un rapide élan, oublieux de ses peines,
Mon cœur s'envole au ciel, mon cœur chante à son tour :
Je t'adore, ô mon Dieu, je t'adore et je t'aime,
Et mon âme bénit l'ouvrage de ta main !...
Pour louer envers moi ta tendresse suprême,
Je chanterai, mon Dieu, maintenant et demain ;
Car ta bonté paraît dans toute la nature,
Et ton amour jaillit de tes divins travaux ;
Merci, mon Dieu, merci de cette voix si pure
Que tu mis dans le cœur de nos petits oiseaux.

II

Me promenant parfois au lever de l'aurore,
Dans les sentiers ombreux qui bordent les grands prés,
A l'heure où le sommet de nos coteaux se dore
Des premiers feux du jour, à ces moments sacrés

De silence et de paix, d'amour et de mystère,
Je sens venir à moi, du calice des fleurs,
Un bonheur inconnu qui n'est plus de la terre,
Un sentiment empreint d'ineffables douceurs!...
Et quand mon œil descend sur les vastes prairies
Où la brise soupire et caresse la fleur,
J'entre jusqu'aux genoux dans les herbes fleuries,
L'allégresse dans l'âme et l'amour dans le cœur.
Je cause avec mes fleurs, je leur dis des paroles
Qu'on ne dira jamais qu'à des êtres aimés,
J'admire leurs couleurs, je baise leurs corolles,
Leurs feuilles de satin, leurs manteaux parfumés.
Aux fleurs des champs ainsi je donne mes tendresses,
Nous parlons gravement, nous nous disons des riens,
Elles, en me rendant caresses pour caresses,
Me livrent leurs secrets, et je livre les miens.
Mon Dieu, je suis heureux de ta douce clémence!
O Dieu! pour te bénir, entends parler mon cœur,
Je te donne ce cœur et sa reconnaissance,
Car tu pensais à moi quand tu créas la fleur!...

III

Ruisseau, toi qu'un géant boirait tout d'une haleine,
Toi qui descends des monts perdus dans le ciel bleu,
Et qui vas galopant comme un fou dans la plaine,
Tu sais bien que je t'aime, ô ruisseau du bon Dieu!
Je t'aime quand tu cours à travers la prairie
Dont les mille brins d'herbe aspirent tes bienfaits,
Et dont la fleur se penche avec coquetterie
Pour se voir dans tes eaux et mirer ses attraits.
Quand j'écoute le soir chanter tes cascatelles
Sur les tapis de mousse et sur les cailloux blancs,
Je retrouve la paix, et je chante avec elles
Une prière au ciel comme on chante à vingt ans!
J'aime à voir sur tes bords l'abeille au fin corsage,
Le grillon nasillard et le papillon d'or,
Et l'insecte empressé qui cherche pour passage
Un brin d'herbe tombé de l'un à l'autre bord.

Sous tes saules touffus parfois la tourterelle
Vient mêler à ta voix un doux roucoulement,
Elle boit à ton onde... elle y baigne son aile,
Et chaque goutte d'eau retombe en diamant;
Moi, je songe et je rêve, et j'admire ces choses,
Que la main du Seigneur créa pour nous ainsi,
Et je lui dis : Mon Dieu, pour les oiseaux, les roses,
Les limpides ruisseaux : pour ces splendeurs, merci!...

IV

Veux-tu? mon pauvre cœur, quittons un peu la terre,
Car l'homme en sa faiblesse est parfois bien cruel,
Élevons-nous là-haut dans la pure atmosphère,
Nous quitterons le monde et nous verrons le ciel!...
Là-haut sur vos sommets, ô montagnes bénies,
Je n'entends plus le bruit de ce siècle agité,
Mais je goûte du ciel les saintes harmonies,
Et j'ai comme un écho de la Divinité.
Car dans la solitude on sent grandir son âme,
Pour pénétrer les cieux l'œil devient plus perçant,
Le cœur demeuré seul se remplit et s'enflamme,
Et son essor vers Dieu s'élève plus puissant.
Au sommet de ces monts, par-dessus le nuage,
Je vois l'aigle emporté d'un vol dominateur.
Je regarde... et contemple... et j'aperçois l'image
Du coup d'aile qui doit au ciel porter mon cœur.
Des sapins balancés sur la dernière cime,
Fiers comme des géants, vrais fûts corinthiens,
Sous les ailes du vent rendent un son sublime,
Et mon âme comprend ces chants aériens.
Les immenses forêts, les neiges éternelles,
Le glacier rayonnant, les rochers monstrueux,
Le torrent dont les eaux en gerbes d'étincelles
Jaillissent sur les rocs, dans un lit tortueux;
Puis au-dessous de moi, le tonnerre qui gronde,
La foudre qui fend l'air, frappe le flanc des monts :
Tout, de respect pour Dieu me remplit et m'inonde,
Et du ravissement me donne les frissons.....

Souverain Créateur, Dieu puissant, ô seul Maître,
A genoux sur ces monts j'adore ta bonté,
J'exalte ton amour et je veux reconnaître
Ta puissance sans borne et ton immensité.

V

Couché sur le gazon, lisant dans les étoiles
A cette heure du soir où tout bruit a cessé,
A l'heure où sur les champs la nuit jette ses voiles,
Bien souvent vers les cieux mon cœur s'est élancé.
Mes yeux se promenaient sur la céleste voûte,
Et de ce bleu sans fin scrutaient les profondeurs,
Et mon âme disait : Oui, c'est bien là la route
Conduisant à Celui qui créa ces splendeurs.
Et mon esprit jouait dans la vaste lumière,
De ces globes de feu jetés dans l'infini,
Je touchais chaque étoile, et dans une prière,
Je demandais le nom de cet astre béni.....
Je n'ai point retenu, dans ma pauvre mémoire,
Ces noms si purs, si beaux; d'ailleurs l'humble mortel
Pourrait-il prononcer, sans en ternir la gloire,
Ces noms qui sont mystère et qui viennent du ciel?
Oui, les astres sont beaux, et quand je les contemple,
Je bénis leur Auteur, je le chante en mes vers,
En ployant le genou sur les pavés du temple,
Dont le ciel est la voûte et la nef l'univers.....

VI

Je te révère, ô Dieu! car tes œuvres sont belles,
La nature est témoin que ton bras est bien fort;
Mais que sont ces beautés, ces œuvres que sont-elles?
Je sais chose plus belle et plus touchante encor !
Astres, monts et ruisseaux, plus je ne vous envie;
Silence, mes oiseaux, j'adore à deux genoux
Le chef-d'œuvre de Dieu : la sainte Eucharistie;
Laissez-moi seul chanter, près de moi taisez-vous!...

VII

Le Fils de Dieu, Jésus, en venant sur la terre,
Embrassa la douleur et les rudes travaux...
Naître dans une étable, au sein de la misère,
Comme un pauvre ouvrier travailler sans repos,
Passer aux yeux de tous pour le dernier des hommes,
Enfin sur un gibet, comme un vil malfaiteur,
Mourir... Voilà pour nous, oublieux que nous sommes,
Ce que fit notre Dieu, Dieu notre Créateur !...
Parce qu'il nous aimait !...

VIII

         C'était dans le Cénacle,
La veille du grand jour où, sur le Golgotha,
Jésus allait mourir. Dans cet humble habitacle,
Le regard du Sauveur doucement s'arrêta
Sur ses amis courbés. Rayonnant de puissance,
Jésus le Souverain, le cœur rempli de feu,
Fit un prodige tel que ce serait démence
Si ce prodige-là ne venait pas de Dieu.
Il prit un peu de pain et dit à ses apôtres :
« Mes enfants, je vous aime et ne puis vous quitter ;
« Mon cœur saignerait trop d'abandonner les vôtres ;
« Voyez ce que le mien pour vous veut inventer :
« Ce pain sera mon Corps et sera tout moi-même ;
« Jusqu'à la fin des temps je demeure avec vous ;
« On peut me mettre en croix, mais mon amour suprême
« Triomphe de la mort !... » A genoux ! A genoux !...

IX

Et depuis ce temps-là, dans une blanche hostie,
Jésus est tout entier et reste sur l'autel,
Jésus est avec nous, Jésus le Pain de vie ;
Puisque nous avons Dieu, la terre c'est le ciel !
Je ne veux pas chercher le comment du mystère,
Car la raison de l'homme ici perd tous ses droits ;

Puisque Jésus l'a dit, je n'ai plus qu'à me taire,
Je ne dois prononcer que ce seul mot : Je crois !

X

D'ailleurs je le sens bien qu'il est là dans l'Hostie,
Je sens que c'est un Dieu, que ce n'est plus le pain,
Quand tout près de l'Autel mon âme anéantie
S'enflamme d'un amour qui n'a plus rien d'humain.
Oh ! mon bonheur divin, qui pourrait le redire ?
Là je goûte la paix et la tranquillité,
Au milieu de mes pleurs je trouve le sourire,
Et le repos au sein de ce monde agité.
Mon âme se dilate et s'ouvre toute grande,
Sous le rayon d'amour qui descend de l'Autel,
Et parfois à Jésus je fais cette demande :
« Pourquoi donc ici-bas mettez-vous votre ciel ? »
Car au ciel il n'est pas de plus intime ivresse,
Il n'est pas de bonheur et de repos plus doux,
Que le charme, ô Jésus, et la sainte allégresse,
Que moi, pauvre néant, je trouve près de vous.
Les Anges dans le ciel contemplent face à face
Jésus, le grand vainqueur du monde et des enfers,
Et leur chant, bien plus doux que la brise qui passe,
Célèbre le grand Dieu de ce vaste univers :
Ils boivent à longs traits à la source de vie,
Qui coule à flots du Cœur de leur souverain Roi ;
Mais les Anges n'ont pas la douce Eucharistie,
Les Anges sont-ils donc mieux partagés que moi ?
Cette félicité, cette ineffable extase,
Qui me remplit d'amour quand j'ai l'Emmanuel,
Sous laquelle mon cœur bouillonne comme un vase,
Moi, je l'ai sur la terre, on ne l'a pas au ciel !
Ravissement divin ! Volupté sans égale !
Épanouissement de mon ardent amour !
Des brûlants séraphins mon âme est la rivale,
Car s'ils aiment Jésus, moi je l'aime à mon tour !
Oui je l'aime, et pour lui la tendresse m'inonde ;
Je le dis à genoux dans un doux entretien,

Lui seul est tout pour moi, je ne veux rien du monde,
Car moi je veux l'amour, et le monde n'a rien.
Retirez-vous, plaisirs, voluptés de la terre,
La note de l'enfer résonne dans vos chants,
Vous ne versez aux cœurs qu'une joie éphémère,
Loin de les rendre bons, vous les faites méchants.
Les beautés d'ici-bas déguisent mal leurs rides
Et leurs charmes ne sont que des charmes trompeurs ;
Avec elles les cœurs demeurent toujours vides,
Quand ils veulent sourire ils répandent des pleurs !
O Jésus ! ô Jésus ! contente mon envie !
Permets que je demeure au pied de ton autel,
Moi je veux, ô Jésus ! près de l'Eucharistie
Être heureux ici-bas, pour l'être un jour au ciel !

XI

Oui je t'aime, Jésus, dans ton Eucharistie,
Miracle de puissance et chef-d'œuvre d'amour ;
Oui c'est là que je prends le germe de la vie
Qui doit s'épanouir au céleste séjour !
Quand tu daignes, Jésus, descendre en ma poitrine,
M'apportant ta tendresse et ta divinité,
Quand des hauteurs des cieux que la gloire illumine,
Tu veux venir, Jésus, jusqu'à ma pauvreté,
Alors tu prends mon âme et vers toi tu l'élèves,
Et tu saisis mon cœur pour le coller au tien.
En ce moment, Jésus, ô l'objet de mes rêves,
Je me pâme d'amour, et je ne sais plus rien !...
Ineffable union, quand mon être palpite,
Entre tes bras, mon Dieu, sous ton divin baiser,
Quand je sens tressaillir mon âme si petite,
Sous les rayons d'amour dont tu viens l'embraser,
Je sens alors courir l'ivresse dans mes veines,
Je prends l'audace aussi de t'embrasser, Jésus !
Les lierres vigoureux qui croissent près des chênes
Ne sont pas plus unis à ces vieux troncs moussus...

. . . .

XII

Je possède Jésus; disparais, créature,
Laisse, laisse l'amour et l'extase à mon cœur;
Il est si beau, Jésus, sa caresse est si pure,
O monde, ne viens pas éteindre mon bonheur!
Moi, je veux te garder, Jésus-Eucharistie,
Loin de toi, je le sais, tout n'est que vanité,
Je veux vivre de toi, chère petite Hostie,
Je veux t'aimer sur terre et dans l'éternité!...

TU M'AIMES TANT !

> *Ego diligentes me diligo.*
> J'aime ceux qui m'aiment.
> (*Proverbes*, ch. viii, v. 17.)

Je suis triste, Jésus !... Mon âme est désolée...
Et je voudrais t'aimer... Mon âme, en t'écoutant,
Soulagerait le mal dont elle est accablée...
   Tu m'aimes tant !

Mais le monde m'appelle et fait briller ses charmes...
Je suis faible, mon Dieu, mon cœur est inconstant...
Et je te fais ainsi verser de grosses larmes...
   Tu m'aimes tant !

Je le sais, les plaisirs ne laissent que tristesse
Et qu'amertume au cœur... Je les cherche pourtant...
Je voudrais bien, Jésus, comprendre ta tendresse....
   Tu m'aimes tant !

Ah ! je dirais alors : Va-t'en, monde frivole,
Je m'éloigne de toi, te maudis en partant...
Et j'irais, ô Jésus, à ton Cœur qui console...
   Tu m'aimes tant !

Je serais à tes pieds... Je goûterais l'ivresse,
Le bonheur et la paix, dès le premier instant,
Et, de ton Cœur si bon, j'aurais une caresse...
   Tu m'aimes tant !

J'irais à ton autel... et là ma petite âme
S'unirait à la tienne, ô Jésus, en chantant ;
Elle vivrait de toi, brûlerait de ta flamme...
   Tu m'aimes tant !

J'entends... J'entends ta voix... O Jésus, c'est toi-même...
Et tu viens le premier à mon cœur repentant...
Oui, Jésus, je le veux... Oui, désormais je t'aime !...
     Tu m'aimes tant !

RÉSURRECTION

Et Jesus tenuit manum ejus,
et surrexit puella.
La jeune fille se leva quand
Jésus lui prit la main.
(*S. Matth.*, ch. IX.)

I

En Galilée, un jour, Jésus de Nazareth,
Aux foules à genoux donnait ses paraboles,
Et, sur les bords du lac près de Génésareth,
Il semait ses bienfaits et ses douces paroles.
On entendit soudain un murmure confus...
Un prince, un pharisien qu'on appelait Jaïre,
Fendit les rangs du peuple... Aux genoux de Jésus
Il vint se prosterner, et se mit à lui dire :
« O Maître tout-puissant, j'ai confiance en vous ;
« Sous la douleur, voyez mon âme qui palpite...
« Prenez pitié de moi !... Je suis à vos genoux...
« Elle est morte, ma fille !... O Maître, venez vite !...
« Venez et commandez... la mort obéira...
« Vous, dont le Cœur est plein de bonté paternelle...
« A ma fille parlez... Je crois... elle vivra !...
« Pitié !... pitié, Jésus !... elle était jeune et belle !... »

II

A ce cri de douleur qui le fit tressaillir,
Jésus fit un appel à sa vive tendresse.
« Viens, ô père affligé, dit-il, viens recueillir

« Le fruit de ta prière, et bannis ta tristesse... »
Et le divin Jésus, par le peuple suivi,
Allait tout rayonnant où reposait la morte ;
Le peuple applaudissait et s'écriait ravi :
« Il vient des cieux, Celui qui parle de la sorte ! »
Des ennemis du Christ la foule s'assembla ;
Secte hypocrite et lâche, et docte dans l'insulte,
Scribes et Pharisiens étaient réunis là,
Avec des gens de rien et cherchant le tumulte.
Des amis accourus, des parents consternés,
On entendait les cris et les plaintes funèbres...
Jésus les aperçut et les vit prosternés
Près du lit de la morte, au milieu des ténèbres.
« Éloignez, leur dit-il, ces apprêts de la mort,
« Et cessez de pleurer. Allons, pauvre famille,
« Retirez-vous d'ici... Voyez, cette enfant dort...
« Et moi je veux parler à cette jeune fille. »
Les Pharisiens riaient : « Vraiment c'est aujourd'hui,
« Disaient-ils tout joyeux, qu'on va voir sa défaite. »
Et se montrant Jésus, ils se moquaient de lui
Et l'appelaient, tout haut, menteur et faux prophète ;
Aux parents éplorés, Jésus dit : « Ayez foi,
« Croyez à ma tendresse, et que pas un ne pleure !
« Pierre, Jacques et Jean, vous, venez avec moi...
« Vous serez mes témoins. Entrons, voici mon heure. »
Puis sur la morte, alors penchant son front si doux,
Il lui saisit la main par la mort refroidie,
Disant à haute voix : « Ma fille, levez-vous !
« Levez-vous et marchez ! moi je vous rends la vie ! »
Et l'enfant obéit... Alors, de tout côté,
On entendit les cris de la reconnaissance :
« Honneur, disait le peuple, honneur à sa bonté !
« Louange à son amour et gloire à sa puissance ! »
Et la foule empressée accompagnait Jésus,
Le grand consolateur, le sublime prophète...
Et les durs Pharisiens, honteux et confondus,
Rougissant de dépit, fuyaient, baissant la tête.

III

Dans les pleurs, ô Jésus, que de jours et de nuits
Jusqu'alors j'ai passés, brisé par les ennuis,
      Ennuis de toute sorte !
Que de fois, ô Jésus, ô mon très doux Sauveur,
En moi-même j'ai dit, vaincu par la douleur :
      « Oh ! mon âme, elle est morte !... »

Mon cœur ne battait plus, et cent fois dans le jour,
Je m'écriais : « Mon Dieu, je n'ai donc plus d'amour ! »
      Alors tout est souffrance !
Car dans une âme, ô Dieu, quand l'amour a cessé,
On n'y voit plus la vie, et la mort a passé
      Emportant l'espérance !...

Alors il n'est plus rien qu'un sombre désespoir...
Et le cœur ne voit plus au ciel devenu noir
      La clarté d'une étoile...
Et le vaisseau s'en va par le souffle agité,
Poussé sur les écueils et sans cesse heurté,
      Sans mâture et sans voile.

C'est le doute et la peur qui sont maîtres alors
Du pauvre cœur vaincu, brisé par tant d'efforts,
      Et c'est le vide immense...
Le vide et son abîme et toute sa frayeur,
Qui ressemble à la mort, car il en a l'horreur
      Et la toute-puissance.

C'est la tombe pesante, et le cœur dans l'effroi,
Sous cette lourde pierre, est transi par un froid
      Que je ne puis décrire ;
Et ce cœur écrasé, qui ne bat presque plus,
Souffre ce que le vôtre a souffert, ô Jésus,
      Au jardin du martyre !

IV

Aujourd'hui, dépouillé de tout ce que j'aimais,
Mon pauvre cœur, ô Dieu, souffre plus que jamais,

        Mon cœur n'a plus de vie.
De votre saint espoir, je n'ai plus un lambeau;
Je n'ai plus de lumière, et mon âme au tombeau
        Se couche anéantie !

Serait-ce vrai, mon Dieu, que je doive au néant
Retomber tout entier ?... Dans ce gouffre béant
        Devrais-je disparaître ?...
On m'avait dit pourtant que votre douce main
Accablait aujourd'hui, mais consolait demain.
        N'êtes-vous plus le Maître ?...

O Jésus ! s'il est vrai que vous êtes le Roi
Et que vous nous aimez... ayez pitié de moi !
        Dites d'une voix forte :
Ton âme, ô mon enfant, ne fait que sommeiller;
Mets ton espoir en moi, je vais la réveiller,
        Car elle n'est pas morte !...

Dites cela, mon Dieu ! voyez, je n'en puis plus,
Venez et commandez... Venez vite, Jésus,
        Avant que je ne meure !...
A mon cœur refroidi donnez un peu d'amour ;
Mais venez aujourd'hui, car à la fin du jour
        Ce ne sera plus l'heure !...

Mon Dieu ! mon Dieu !... Mais quoi ? J'ai senti sur mon cœur
Passer un doux rayon ?... Serait-ce le bonheur ?
        Oui, c'est Jésus lui-même !

V

Je viens à toi, dit-il, pauvre cœur endormi,
Je suis toujours le Maître et toujours ton ami,
        Et moi, toujours je t'aime !...

Lève-toi, faible cœur, dans un suprême effort
Mets ton espoir en moi !... Non, non, tu n'es pas mort !
        Allons, plus de souffrance !
Lève-toi ! Sois heureux ! Je te donne en ce jour
Ce que tu n'avais plus : je te donne l'amour
        Et la douce espérance !...

Mais au chemin d'exil, qui finira demain,
Souviens-toi, mon enfant, de bien tenir ma main,
Et de toujours me suivre ;
Souviens-toi que l'amour, le seul qu'il faut avoir,
C'est l'amour de ton Dieu : Lui seul donne l'espoir,
C'est le seul qui fait vivre.

« O SALUTARIS HOSTIA ! »

Jesu, esto mihi Jesus.
Jésus, soyez-moi Jésus !
(S. Bernard.)

Jésus, puisque tu veux descendre sur la terre
    De ton beau ciel,
Et par amour pour nous opérer ce mystère
    Sur l'humble autel,
Fruit de l'Immaculée, ô doux Roi de l'enfance,
    Dieu des élus,
Laisse mon pauvre cœur acclamer ta puissance,
    Jésus !

Jésus, agenouillé devant ton Tabernacle
    Et transporté,
J'adore ton amour, j'adore ton miracle
    De charité.
Et quand ton Cœur divin me donne une caresse,
    Je suis confus,
Et je me dis qu'au ciel on n'a pas plus d'ivresse,
    Jésus !

Jésus, à ton autel où ta douce tendresse
    Reste pour nous,
Je voudrais que la terre apportât sa richesse
    A deux genoux,
Et que tout l'univers, pour les bienfaits sans nombre
    Qu'il a reçus,
Vînt prosterner son front et vivre sous ton ombre,
    Jésus !

Jésus est là pour toi ; viens, ô monde frivole,
    Vers ton Sauveur.

Viens, tu seras heureux de goûter sa parole
       Et sa douceur.
Que votre amer chagrin dans son âme s'épanche
       O cœurs déçus,
Car le premier vers vous, tendrement il se penche,
       Jésus !

Jésus demeure là, petite âme peureuse,
       Et c'est pour toi ;
Et c'est Lui qui te dit, d'une voix amoureuse :
       Oh ! viens à moi !
Viens, je relèverai ta force et ton courage
       Tout abattus,
Car c'est moi qui console et c'est moi qui soulage,
       Jésus !

Jésus est là pour toi, pauvre cœur en souffrance,
       Cœur écrasé ;
Viens à son Cœur aimant demander l'espérance,
       Roseau brisé ;
Les espoirs que ton cœur et l'amour de ton âme
       Avaient conçus
Verront alors joyeux scintiller dans leur flamme
       Jésus !

Jésus est là pour nous... il a voilé sa gloire,
       Allons à Lui !
C'est l'ami des pécheurs, et le Dieu du ciboire
       Est notre appui.
Ce n'est pas Jéhovah qui vient frapper la terre,
       Ne craignons plus :
C'est le Dieu des petits, c'est le Dieu du Calvaire,
       Jésus !

Jésus, mon bien-aimé, je te choisis pour maître
       Et sans retour ;
Dieu de l'Eucharistie, à toi seul je veux être,
       A ton amour:
Viens essuyer les pleurs que mon âme exilée
       A répandus

Et ne la laisse pas plus longtemps isolée,
        Jésus !

Jésus, je te salue en ta petite hostie,
        Viens dans mon cœur;
Viens vite, ô mon Jésus, viens lui donner la vie
        Et le bonheur.
Je le vois trop, mon Dieu, tous les biens de la **terre**
        Sont superflus :
Le Tabernacle est tout... C'est par lui que j'espère,
        Jésus !

Jésus, je veux t'aimer, car je sais que tu m'aimes
        Au saint autel.
Je veux t'aimer autant que les Anges eux-mêmes
        Le font au ciel.
Oui, le monde et la chair, par mon cœur et mon âme
        Seront vaincus
Et je vivrai joyeux, consumé par ta flamme,
        Jésus !

Jésus, gloire à ton Cœur ! à toi toutes louanges
        Et nos amours.
O mon Dieu, sois chanté des hommes et des anges
        Toujours ! toujours !
Et dans le ciel, un jour, devant la sainte hostie,
        Que nos vertus
Célèbrent la grandeur de ton Eucharistie,
        Jésus !

LE TABERNACLE EST LE CIEL ICI-BAS

Et vidi cœlum novum.
Et je vis un nouveau ciel.
(*Apocalypse*, ch. XXI, v. I.)

Un jour, près de l'autel où Jésus nous console,
Un ange aux blonds cheveux me dit cette parole :
Dans le vaste ciel bleu, sous les tentures d'or,
Pour chanter avec nous, allons, prends ton essor !
Et je lui répondis : Dans mon humble chapelle,
Sous les rayons tremblants de la lampe fidèle,
J'adore mon Jésus et je lui tends les bras ;
    Le Tabernacle est le ciel ici-bas !

L'ange me dit encore : Au milieu des alarmes
Tu veux donc demeurer et répandre des larmes.
Ton cœur, enveloppé des ombres de la nuit,
Au chemin de l'exil est brisé par l'ennui.
Et je lui répondis : Près de Jésus, mon Maître,
Je retrouve la joie et je me sens renaître ;
Sur son cœur je repose en lui disant tout bas :
    Le Tabernacle est le ciel ici-bas !

L'ange me dit encor : Je vois ta faible épaule
Sous la pesante croix, tremblante comme un saule ;
Moi je vais te conduire aux pieds de ton Jésus,
Là-haut dans les splendeurs où l'on ne souffre plus.
Et je lui répondis : Ma force et ma puissance
C'est Jésus. Près de lui bien douce est la souffrance ;
Il relève mon front, Il affermit mes pas ;
    Le Tabernacle est le ciel ici-bas !

L'ange me dit encor : Je t'ai vu dans l'orage,
Battu par la tempête et loin de tout rivage ;

De ton âme affolée, ô pauvre matelot,
J'ai surpris la terreur et son poignant sanglot.
Et je lui dis : C'est vrai ! mais j'ai vu la lumière
Briller au Tabernacle, après une prière,
Je ne sanglote plus et je ne suis plus las :
     Le Tabernacle est le ciel ici-bas !

L'ange me dit alors : Fragiles sont tes voiles,
Ton esquif est léger... Par delà les étoiles
Nous prendrons notre vol... Allons ! donne ta **main** ;
Tu souffres aujourd'hui, tu souriras demain.
Et je lui répondis : Sous les arceaux gothiques,
Au milieu du silence et des ombres mystiques,
Je possède Jésus et ses plus doux appas ;
     Le Tabernacle est le ciel ici-bas !

L'ange me dit alors : Cette petite hostie,
Que tu vas recevoir dans ton âme ravie,
Viens la porter au ciel; tu seras l'ostensoir,
Nous pourrons à genoux l'adorer et la voir.
Et je lui répondis : O bel ange, ô mon frère,
En emportant Jésus, je quitterai la terre.
Je puis, je puis mourir, si j'ai par mon trépas,
     Le Tabernacle au ciel comme ici-bas !

Alors l'ange du ciel et l'ange de la terre
D'un vol silencieux, dans la pure atmosphère,
S'envolèrent soudain en emportant au ciel
Dans un ciboire d'or le doux pain de l'autel.
Et l'âme dans le ciel, d'amour anéantie,
Chantait en adorant la sainte Eucharistie :
Merci, merci, Jésus ! je ne quitterai pas
     Le Tabernacle au ciel comme là-bas !

« SALVE »

Nunquam satis de Maria.
On ne loue jamais assez Marie.
(S. Bernard.)

(Salve.)

Douce Vierge, salut ! ô Vierge toute blanche,
Vierge, aux parfums plus purs que ceux du lis qui penche
Aux bords des ruisselets; Vierge plus belle encor
Que tous les saints ensemble avec leur nimbe d'or,
Coupe pleine d'amour, belle rose mystique,
Etoile du matin, Epouse du Cantique,
O sublime idéal que j'ai souvent rêvé,
O Vierge, viens vers moi !... Vierge, *salve! salve!*

(Regina.)

Chaste Reine des cieux, Reine de la chaumière,
Reine majestueuse et pleine de lumière,
Reine des prés en fleurs, des oiseaux et des champs,
O Reine des vieillards et des petits enfants,
Reine des matelots, toi qui guides leurs voiles,
Toi dont le diadème est composé d'étoiles,
Oh ! règne sur mon âme, et je serai sauvé !
Reine, je suis à toi ! Reine, *salve! salve!*

(Mater misericordiæ.)

Mère tout admirable, abîme de tendresse,
Dont la main vient sécher nos larmes de tristesse,
O Mère au vaste cœur, Mère au regard si doux,
Tous tes petits enfants, prends-les sur tes genoux !
A ces pauvres agneaux, collés à ta poitrine,

N'épargne pas le lait de ta grâce divine...
De ton amour ainsi notre cœur abreuvé
Te dira chaque jour : Mère, *salve! salve!*

(Vita.)

Je veux vivre !... et cela fait palpiter mon âme...
De cet ardent désir l'insatiable flamme
Va par delà la terre et monte jusqu'aux cieux...
Je veux vivre là-haut et je veux être heureux...
Et c'est toi, c'est toi seule, ô ma Vierge chérie,
Qui me donnant Jésus me donnes cette vie !
Oui, ce germe immortel en toi je l'ai trouvé...
Je veux vivre de lui !... Mère, *salve! salve!*

(Dulcedo.)

En toi tout est suave, ô fontaine scellée,
O cinname odorant, Epouse immaculée,
Tes charmes et ton nom sont plus doux que le miel,
C'est le calme enivrant et le repos du ciel...
Par un de tes regards, par un mot, un sourire,
Tu fais régner la paix dans le cœur qui soupire...
Par un de tes baisers je serai préservé...
O Vierge, je le veux !... Vierge, *salve! salve!*

(Et spes nostra, salve.)

Là-bas à l'horizon, au lever de l'aurore,
Quand d'un reflet brillant la montagne se dore,
Le cœur sourit joyeux, dans l'espoir d'un beau jour...
Dans nos ennuis profonds de luttes et d'amour,
Levons les yeux au ciel, nous verrons quelque chose
A nos fronts assombris mettre une teinte rose...
Qu'à cette ancre d'espoir notre cœur soit rivé,
Vierge, mon espérance, à toi *salve! salve!*

(Ad te clamamus.)

Le cerf, mourant de soif, court à l'ombre des chênes
Et va baigner son front dans les claires fontaines...
L'oiseau vole à son nid et l'abeille à sa fleur.

La fleurette au soleil demande la chaleur ;
Et l'amour de l'enfant ne voit rien sur la terre
De plus beau, de plus doux que le sein de sa mère.
Mais moi, je veux toi seule... et d'amour soulevé,
Je lance vers ton cœur ce cri : *Salve ! salve !*

(Exsules filii Evæ.)

Quand toucherai-je enfin le seuil de la patrie ?...
Que l'exil est pénible, ô ma Vierge chérie !...
Sur les flots agités je trouve des écueils,
Et mon cœur est gonflé de douleurs et de deuils...
O porte d'or du ciel, ô porte triomphale,
Fais-moi toucher au sol de ma terre natale !
Que le ciel sera doux à mon cœur éprouvé,
Quand je dirai là-haut : Vierge, *salve ! salve !*

(Ad te suspiramus gementes.)

A la fin de l'automne et quand la feuille tombe,
A travers les grands ifs qui pleurent sur la tombe,
La brise a dans la voix un éloquent soupir...
Quand la vague écumante aux grèves vient mourir,
On entend des sanglots et des cris de détresse...
Notre ame ainsi gémit du fond de sa tristesse,
Quand, accablé d'ennuis, son regard s'est levé
Pour t'adresser ces mots : Mère, *salve ! salve !*

(Et flentes in hac lacrymarum valle.)

Dans l'Eden tout fleuri, parfumé d'espérance,
Quand sur l'homme confus, brisé de repentance,
Tomba cette sentence horrible : Tu mourras !
On entendit aussi ces mots : Tu pleureras !
C'est vrai : dans cet exil, au milieu des alarmes,
Nos yeux ne sont-ils pas toujours voilés de larmes ?...
Le cœur comme un forçat durement entravé
Pleure encore en disant : Mère, *salve ! salve !*

(Eia ergo, advocata nostra.)

Refuge des pécheurs, douce consolatrice,

Auprès du Dieu de gloire et de toute justice,
Intercède pour moi. Quand le char du soleil
S'élance dans les cieux, tout est pur et vermeil...
Ainsi pénètre-moi de tes rayons de flamme,
Et Dieu ne verra plus que l'amour de ton âme...
Et moi qui ne suis rien qu'un pécheur dépravé,
Par toi je serai pur... Vierge, *salve! salve!*

(*Illos tuos misericordes oculos ad nos converte.*)

Quand l'enfant dans ses yeux voit les yeux de sa mère,
Tout petit il comprend cet amoureux mystère,
Il sourit... Salomon dit en parlant de toi
Qu'un seul de tes regards blessait le cœur du Roi...
O ma blanche colombe, ô Vierge, ô mon idole,
Jette aussi sur mon cœur le regard qui console.
De tes yeux que mon cœur ne soit jamais privé,
O Vierge, mes amours! Vierge, *salve! salve!*

(*Et Jesum benedictum, fructum ventris tui.*)

Ton Jésus, je le vois serré sur ta poitrine
S'enivrant de baisers à ta bouche divine...
J'ai lu que dans les bras de tes saints tout émus
Tu déposais parfois ton beau petit Jésus...
Douce fleur de Sion, suavement éclose,
Donne-moi le bouton qui sourit à la rose!
Qu'il vienne sur mon cœur... qu'à ma lèvre élevé
Je le baise aussi moi!... Mère, *salve! salve!*

(*Nobis post hoc exsilium ostende.*)

Mère, je ne veux pas (rejette tes alarmes)
De ton divin enfant faire couler les larmes...
Ce trésor de ton cœur, ce Jésus, ton beau Roi
Je le garderai bien... Mère, compte sur moi.
Mais après cet exil, là-haut dans la patrie,
Tes mains me remettront, ô ma Vierge fleurie,
Ton Jésus odorant... et l'ayant retrouvé,
Je chanterai sans fin: Vierge, *salve! salve!*

(O clemens, o pia, o dulcis Virgo Maria.)

Douce Vierge, salut! ô Vierge toute blanche,
Vierge aux parfums plus purs que ceux du lis qui penche
Aux bords des ruisselets ; Vierge plus belle encor
Que tous les saints ensemble avec leur nimbe d'or,
Coupe pleine d'amour, belle rose mystique,
Etoile du matin, Epouse du Cantique,
O sublime Idéal, que j'ai souvent rêvé,
O Vierge, viens vers moi!... Vierge, *salve! salve!*

TROISIÈME PARTIE

PARFUMS
DE LA VIE DES SAINTS

PARFUMS DE LA VIE DES SAINTS

SAINTE ANNE

Et oravit Anna.
Sainte Anne remercia le Seigneur.
(*Livre des Rois*, ch. I, v. VIII.)

Jéhovah! Jéhovah! dont le nom redoutable
  Scintille en lettres d'or au ciel et sur le sable,
    Jéhovah, sois béni!
Ta foudre souveraine aux lumières étranges,
Courbe l'homme ici-bas aussi bien que les anges
    Là-haut, dans l'infini.

Jéhovah! c'est ta main qui jeta dans l'espace
Les étoiles, la terre et le soleil qui passe
    A l'horizon de feu;
D'un seul mot, du néant tu fis jaillir les choses,
Les forêts et les monts, les oiseaux et les roses.
    Je t'adore, ô mon Dieu!

Au milieu des éclats de ton vaste tonnerre,
Tu vins un jour toucher de ton pied notre terre,
    Au sommet du Sina,
Et ta puissante voix, comme un bruit de tempête,
Descendit en disant: Hommes, courbez la tête,
    Moi, je suis Jéhovah!

O grand Dieu, permets-moi d'applaudir ta puissance.
A toi tombe et berceau doivent obéissance

A toi, maître de tous ;
Pour louer ta grandeur et son profond mystère
Jéhovah ! Jéhovah ! laisse-moi sur la terre
Tomber à deux genoux !

Mais je sais, ô mon Dieu, j'en garde la mémoire,
Je sais que ta bonté surpasse encor ta gloire
Au fond de ton grand cœur ;
Oui, les siècles l'ont dit, toi que l'archange nomme
En tremblant de frayeur, tu t'es penché vers l'homme
Comme un consolateur.

Rappellerai-je, ô Dieu, moi qui ne suis qu'une ombre,
La bonté de ton cœur et tes bienfaits sans nombre
Pour ton peuple choisi ?
Au milieu des dangers tu l'as conduit toi-même,
Et tu l'as délivré de l'angoisse suprême
Dont il était saisi.

Ton cœur veut plus encor... Ce cœur plein de tendresse,
Quand je le vois vers moi descendre en ma vieillesse
Du séjour éternel,
Il me semble, ô mon Dieu, qu'en me rendant féconde
Par le fruit de mon sein tu veux sauver le monde
Et nous donner le ciel.

Car enfin pourquoi donc tous ces bataillons d'anges
Viendraient-ils du ciel bleu vers cette enfant aux langes
Qui dort comme un oiseau ?...
Devrait-on récuser le mot du patriarche :
Que l'homme aurait un jour pour se sauver une arche
Qui serait un berceau ?...

Oui, je crois, ô mon Dieu, qu'aujourd'hui sur la terre
Tu vas laisser jaillir de ton âme de père
Ton amour triomphant ;
Je crois que pour donner le jour à ton Messie
Ton cœur, dans ce grand jour (et je t'en remercie)
A choisi mon enfant !

A jamais sois loué de ta tendresse extrême !
Tu ne veux plus, mon Dieu, qu'on craigne, mais qu'on aime,

Désormais c'est ta loi ;
Oui, cette enfant, ô Dieu, que mon amour regarde,
Pour tes divins projets saintement je la garde,
Elle est, elle est à toi !

O Dieu, je veux chanter cette immense merveille...
J'entends, j'entends déjà passer à mon oreille
Les chants de l'avenir,
Les cantiques d'amour, les hymnes d'espérance...
Merci ! merci ! mon Dieu, voici la délivrance,
Car ton Fils va venir !

SAINT JEAN-BAPTISTE

Et audivi vocem tamquam tonitrui.
Et j'entendis une voix forte comme
le tonnerre.

(*Apocal.*, ch. VI, v. I.)

Là-bas, en Orient, où le soleil s'allume,
Entre la mer maudite, aux vagues de bitume,
   Et les monts de Juda,
Comme un vaste Océan s'étend, stérile et morne,
Une plaine de sable, où l'horizon se borne
   Aux sommets du Sina.

C'est le désert.... sans fleurs, sans arbres, sans verdure,
Des rochers recouverts d'une herbe sèche et dure,
   Des antres de granit,
Où le soir, en grondant, se retirent les fauves,
Et les oiseaux de proie, aux larges têtes chauves,
   Y construisent leur nid.

Or, un jour, une voix, dans cette solitude,
Comme un coup de clairon passa sonore et rude ;
   Et le ciel s'ébranla....
Au bruit de cette voix qui roulait sur le sable,
Comme un flot de marée ardente, infatigable,
   Le vieux désert trembla.

Les aigles, les vautours se fixèrent aux cimes
Des mamelons rocheux, aux rebords des abîmes,
   Tous palpitants du choc
De la voix qui tonnait, de cette voix immense....
Et les lions tremblants écoutaient en silence,
   Les pattes sur le roc.

Au firmament alors une lueur rougeâtre
Brilla comme le feu qui pétille dans l'âtre,
    Et resplendit soudain.
Mais l'occident bientôt prit une teinte pâle,
Tandis qu'à l'orient une aube triomphale
    Se frayait un chemin.

Et la voix, au milieu de la lueur vermeille,
Criait à grands éclats : « Terre, prête l'oreille !
    Le Seigneur va venir !
Les siècles écoulés, c'est l'occident qui passe....
Regarde à l'orient qui rougit dans l'espace....
    Terre, c'est l'avenir ! »

Les peuples étonnés d'entendre ces paroles,
Et de voir le ciel bleu resplendir d'auréoles,
    Se mirent à genoux.
Nous vous avons, ô voix, disaient-ils, entendue,
Nos cœurs sont prosternés, notre oreille est tendue....
    O voix, que voulez-vous ?

Alors parut un homme, en la rouge atmosphère,
Un homme dont les pieds touchaient un peu la terre,
    Le regard plein de feu....
Et la voix tournoyant comme un bruit de tempête,
S'écriait : Le voici ! peuples, courbez la tête !
    Voici l'Agneau de Dieu !

LA VIERGE ET SAINT JEAN

Quis mihi tribuat ut desiderium
meum audiat Omnipotens ?
Qui m'accordera de faire exaucer
mon désir par le Tout-Puissant?
(*Job*, ch. XXXI, v. 35.)

I

C'était le second jour de fête des Azymes,
Dans le mois de Nisan, vers trois heures du soir,
Un fait sinistre, affreux se passait dans Solymes....
Le ciel resplendissant soudain devint tout noir ;
De longs sillons de feu traversaient l'atmosphère
En marquant l'horizon d'hiéroglyphes sanglants ;
Le soleil devint pâle et quitta notre sphère ;
Les arbres se courbaient sous des souffles brûlants ;
Le sol fut ébranlé... les rochers se fendirent....
Au val de Josaphat, où les morts sont couchés,
On vit avec effroi des tombeaux qui s'ouvrirent....
Et des spectres hideux de la tombe arrachés
Se mêlaient aux vivants, et, sous leur long suaire,
Ils marchaient éclairés par de rouges falots....
Dans le temple, là-bas, au fond du sanctuaire,
On entendit des voix et de tristes sanglots.
Et dans le Saint des saints l'immense et riche voile
En deux fut déchiré par un bras tout-puissant....
Alors on vit au ciel une effrayante étoile
Et l'on sentit tomber quelques gouttes de sang....
Un silence de mort s'abattit sur la ville ;
Une épouvante immense étreignit tous les cœurs,
Toute âme était muette et tout bras immobile,
Et les fronts ruisselaient sous de froides sueurs....

Mais une voix soudain, forte comme un tonnerre,
Pleine de majesté, sur la ville éclata....
Cette voix un instant fit osciller la terre,
Et celui qui criait, mourait au Golgotha.....
Les soldats qui venaient de mettre en croix cet homme
Descendaient repentants, et disaient, pleins de feu :
Honte soit à jamais au proconsul de Rome !
Celui qui meurt ainsi vraiment est Fils de Dieu!

II

En effet c'était Lui, mourant sur le Calvaire,
Abandonné de tous, souffrant et sans appui....
Jean, l'apôtre chéri, Madeleine et sa Mère
Étaient là cependant.... les autres avaient fui....
Pauvre Mère ! elle vit son Fils dans le prétoire,
Le visage meurtri par d'infâmes soufflets,
Portant au tribunal la pourpre dérisoire
Dont l'avaient revêtu de stupides valets....
Elle avait entendu la brutale sentence
Du lâche gouverneur contre le Roi des rois ;
Vaillante, elle suivit le chemin de souffrance
Avec son divin Fils, écrasé par la croix !
Avec son cœur brisé, mais toujours magnanime,
Pour le salut du monde, elle alla jusqu'au bout....
Et quand sur le gibet s'éteignait la victime,
Cette intrépide Mère était encor debout !...

. . . .

Alors qu'on descendit de la croix des esclaves
Le corps de son Jésus pâle, défiguré,
Elle baisa longtemps son front et ses yeux caves ;
Courageuse toujours... mais elle avait pleuré.

III

Et Jean s'approcha d'elle.... « O Mère, voici l'heure,
Jésus dans le tombeau sera mis aujourd'hui ;
O Reine des martyrs, oh! viens dans ma demeure ;
Dans l'intime tous deux nous parlerons de Lui. »
Et, s'appuyant un peu sur le bras de l'apôtre,

La Vierge descendit le mont de la douleur ;
Elle aimait son fils Jean, mais son Jésus ! mais l'autre !
C'était pour lui surtout que palpitait son cœur.
Des pleurs amers tombaient de ses yeux sur la route,
Et les fleurs du chemin disaient : « Ne pleure plus,
O Vierge bien-aimée, ô chaste Reine, écoute
Le langage des fleurs, tu reverras Jésus ! »
Tous les petits oiseaux venaient au-devant d'elle,
Et dans leur doux murmure, on distinguait ces **mots** :
« Sèche, sèche tes pleurs, ô Vierge toute belle,
Jésus triomphera, Mère, plus de sanglots !
Courage ! disait Jean, si notre Dieu succombe,
C'est pour paraître, un jour, plus grand, plus glorieux ;
O ma Mère, ton Fils n'est pas fait pour la tombe ;
Mais il doit, en vainqueur, monter un jour aux cieux ! »

IV

On avait descendu le flanc raide et stérile
Du mont du Golgotha, parsemé d'ossements ;
Puis prenant un sentier, à l'ouest de la ville,
Dans le val du Hinnon on marcha quelque temps.
En face se dressait, splendide de verdure,
Ombragé de palmiers et parfumé de fleurs,
Le plateau de Sion, qu'une riche nature
Ornait, en ce temps-là, de toutes les splendeurs.
Sur les flancs de ce mont, au milieu du feuillage
Des touffus aloès et des verts caroubiers,
Sous les arceaux épais d'une vigne sauvage,
Jean avait sa demeure.... On gravit les sentiers,
On arriva bientôt, et Jean dit à sa mère :
« Mère, repose-toi ! »

V

         Mais la Vierge soudain
Se tourna vers la ville, et, fixant le Calvaire,
« Jésus, s'écria-t-elle, à demain ! à demain ! »
Et puis, le jour suivant, elle vit dans la gloire
Son Jésus exalté.... ce n'était plus la croix.

Les juges, la douleur.... c'était jour de victoire !
Et Jésus, sur la terre, affirmait tous ses droits.
Oui, c'était le vainqueur de l'homme et de la tombe !
Jésus ressuscité, c'était vraiment un Dieu !
Ce Dieu triomphe seul, tout le reste succombe :
Enfers, péché, bourreaux, honte et tourments de feu !
« Tout est déjà passé, dit Jésus à sa mère ;
Mes ennemis enfin par ma croix sont vaincus,
Mère, ne pleure pas.... je vais quitter la terre ;
Mon Père est satisfait, je ne souffrirai plus ! »
Puis, ayant réuni ses apôtres fidèles,
Un jour, Jésus leur dit, au mont des Oliviers :
« Mes anges vont m'ouvrir les portes éternelles,
Écoutez bien ces mots, car ce sont les derniers :
« Je vais monter au ciel.... Allez dans tout le monde,
« Aux quatre coins du ciel dispersez votre voix,
« Semez dans tous les cœurs ma parole féconde,
« Et dites que pour eux je suis mort sur la croix. »
Et Marie était là, plus pâle que l'aurore,
Elle adressa ces mots à son fils glorieux :
« Loin de vous, ô Jésus, pourrai-je vivre encore ?
Mon fils, emmenez-moi, je veux aller aux cieux !
— Mère, je vous bénis ; restez encore, ô Mère,
Dit Jésus souriant, oui, je vous bénis tous. »
Et Jésus disparut en bénissant la terre ;
La Vierge soupirait.... Tous étaient à genoux !

VI

Les apôtres s'en vont.... Ils sont pleins de vaillance,
Rien ne peut les troubler depuis l'Ascension....
Et la Vierge, un instant palpitant d'espérance,
Avec Jean, pour pleurer, retourne au mont Sion.

VII

« O Jean, disait parfois la Vierge immaculée,
Les yeux levés au ciel, Jésus quand viendra-t-il ?
Vivrai-je encor longtemps en mère désolée ?...

Jésus, venez, Jésus, terminer mon exil.
Oh! je voudrais le voir, dans sa gloire suprême;
Je voudrais reposer, muette sur son cœur;
Presser entre mes bras ce Jésus seul que j'aime!
O mort, pourquoi tarder quand grandit ma douleur? »
L'apôtre répondait : « Éloigne ta tristesse,
O mère bien-aimée, et viens près de l'autel,
Afin que ton Jésus te donne une caresse;
Moi, Jean, je le ferai descendre de son ciel. »
Et sur l'autel de marbre, offrant le sacrifice,
Jean prononçait le mot si puissant et si fort,
Et le sang de Jésus était dans le calice,
Et son corps reposait sur la patène d'or.
Alors Jean, tressaillant d'une pieuse crainte,
Prenait le corps sacré de Jésus en ses doigts.
« O mère, disait-il, c'est la victime sainte
Que tes flancs ont portée et qui mourut en croix!
C'est Lui! c'est ton Jésus! reçois dans ta poitrine
Celui que tu pleurais mort à Jérusalem.
Dépose tes baisers sur sa bouche divine,
Comme tu le faisais là-bas à Bethléem. »
Et l'apôtre mettait aux lèvres de Marie
Le corps même de Dieu, son Jésus!

                                        Or, un jour,
La Vierge ayant reçu la blanche et sainte hostie,
Sentit plus que jamais les élans de l'amour.
Son front resplendissait d'une douce auréole,
Au céleste séjour ses yeux étaient levés;
De ses lèvres tombait une seule parole :
Jésus, Jésus, Jésus! Et ses bras soulevés
Se tendaient vers son Fils, que dans les bleus espaces
Elle voyait sourire au milieu des élus.
Alors on entendit : « Viens, ô pleine de grâces,
Viens posséder ton Fils! viens embrasser Jésus! »
Et sur le mont Sion, des célestes portiques,
Une large harmonie à longs flots éclatait;
A cette immense fête, à ces joyeux cantiques
Tout le ciel prenait part.... et la terre écoutait!....
Et Jean, tremblant ainsi que la flamme d'un cierge,

A sa mère adressa ce langage pieux :
« Ce Jésus, qu'il est beau ! n'est-ce pas, douce Vierge ?... »
La Vierge ne dit rien.... Son âme était aux cieux !

VIII

Et l'apôtre pleura.... Mais son cœur fut bien aise
De voir qu'avec Jésus la Vierge triomphât....
Il embrassa ses pieds et partit pour Éphèse,
L'ayant ensevelie au val de Josaphat.

ASSOMPTION
DE LA DOUCE ET IMMACULÉE VIERGE

Assumpta est Maria in cœlum, gaudent Angeli.
La Vierge est transportée au ciel et les Anges sont dans la joie.

(Liturgie.)

I

C'était un soir d'été.... là-bas, près de Solyme,
Cette ville où mourut Jésus, le Fils de Dieu,
A l'heure où du Thabor la verdoyante cime
Aperçoit le soleil jeter son dernier feu....
La tristesse est assise au front de la nature ;
L'oiseau, dans les bosquets, pousse un gémissement,
Et la brise, en passant à travers la ramure,
Ne baise plus les nids, mais pleure lentement !....
La fleur, sur la montagne, a perdu son sourire ;
Vers le sol le palmier baisse ses rameaux verts....
Le deuil sur toute chose étend son morne empire....
Dieu va-t-il donc jeter la foudre à l'univers ?...
Mais des hommes aussi je vois couler les larmes,
Et leurs cœurs attristés poussent de longs sanglots ;
Des sanglots tels qu'au jour de cruelles alarmes,
Les alcyons tremblants en font entendre aux flots.
Pourquoi cette douleur ?... Pourquoi cette épouvante ?...
Et dans Jérusalem tous ces cœurs attristés ?
Qui donc prit à l'oiseau sa note triomphante ?
A la fleur, son parfum, son sourire ?.... Écoutez....

II

Dans cette humble chaumière, aux flancs de la colline,
Au milieu des palmiers que le zéphir incline,
    Et qu'on entend gémir....
Comme un beau lis qui tombe au fond de la vallée,
La Mère de Jésus, la Vierge immaculée,
    Rend le dernier soupir.

. . . .

Elle est morte !... voyez !... mais sur son doux visage
La mort a refusé d'imprimer son passage,
    Elle sourit encor !...
On dirait que vraiment cette Vierge sommeille
Et qu'elle va parler.... Sur sa bouche vermeille
    Voltige un rayon d'or.

Elle est morte !... et son front de charmes se couronne....
Et la cruelle mort, qui n'épargne personne,
    Lui laisse sa beauté....
Les suaves odeurs du lis et de la rose,
Qui parfument la couche où la Vierge repose
    Avec sa pureté.

Elle est morte !... son cœur ne pouvait pas survivre
Au départ de Jésus ; son cœur voulait le suivre....
    Elle attendait ce jour.
Aujourd'hui, le désir de sa brûlante flamme
A consumé le fil qui retenait son âme....
    Elle est morte d'amour !

Elle est morte !... Elle est morte !... et l'Église naissante,
Le front voilé de deuil, élève gémissante
    Sa voix et ses sanglots.
O Jésus ! criait-elle, oh ! laisse-moi ta Mère !
Car pourrai-je, sans elle, en ma douleur amère,
    Lutter contre les flots ?...

Les apôtres sont là, brisés par la tristesse :
O Mère, disaient-ils, quoi ! ton cœur nous délaisse
    A l'heure du danger !

Mère, nous t'en prions, apaise les tempêtes
Qui bientôt vont passer au-dessus de nos têtes ;
      Oh ! viens nous protéger.

Les chrétiens à genoux, les femmes en alarmes,
Les tout petits enfants versant de grosses larmes,
      Disaient : « Mère, pourquoi ?...
Pourquoi quitter la terre à l'heure solennelle
Où notre cœur, à Dieu pour demeurer fidèle,
      A si besoin de toi ?... »

III

Au fond de la vallée un blanc tombeau s'élève....
C'est celui de la Vierge ; à l'ombre des palmiers,
Tout est triste, et l'on voit la nature qui rêve,
Et l'on entend passer les soupirs des ramiers.
Chaque brin de gazon et chaque feuille d'arbre
Sont humides encor des larmes de la nuit ;
Et ces larmes glissant par goutte sur le marbre,
C'est la terre attristée et qui pleure sans bruit.
Ces gouttelettes d'eau, qui découlent des branches,
Restent sur le tombeau, dans ce blanc réservoir,
Et les petits oiseaux et les colombes blanches
Descendent des palmiers pour s'y baigner le soir.
C'est le calme et la paix ici dans toute chose....
Autour de ce tombeau tout est mystérieux....
O terre !... pas de bruit !... la Vierge ici repose ;
La Mère de Jésus et la Reine des Cieux !

IV

Les fidèles encor pleuraient dans la chaumière,
Les apôtres aussi.... Soudain l'apôtre Pierre
      Leur cria : « Levez-vous !
Allons, frères, allons au tombeau de Marie
Revoir les traits divins de la Vierge chérie,
      Avec moi venez tous !...

Nous lui dirons là-bas, sur sa tombe fermée :

O Mère de Jésus, ô Mère bien-aimée,
    Nous sommes vos enfants.
Pour régner dans le ciel, vous délaissez les vôtres
Au milieu des dangers.... Vos enfants, vos apôtres,
    Rendez-les triomphants.

Et nous mettrons encor nos lèvres filiales,
Notre cœur attristé sur ses mains virginales,
    Pour la dernière fois.
Réchauffés par l'amour de la Vierge féconde,
Nous irons annoncer, aux quatre coins du monde,
    Jésus, le Roi des rois. »

V

Le cortège pieux lentement se déroule
Au val de Josaphat.... et chacun dans la foule
    En main porte un flambeau ;
Alors, pour soulever le couvercle de pierre,
Les apôtres émus, après une prière,
    S'approchent du tombeau.

Et sans aucun effort la pierre est retirée,
Mais le sépulcre est vide.... et l'on voit à l'entrée
    Des roses et des lis....
De suaves parfums saturent l'atmosphère,
Un bonheur inconnu se répand sur la terre,
    Venant du Paradis.
Le ciel s'ouvre soudain.... et le chaste visage
De la Mère de Dieu paraît dans un nuage
    Semé d'étoiles d'or.
Vers les divins palais, vers son Fils qui l'appelle,
La Vierge immaculée a dirigé son aile,
    Elle a pris son essor.

Et le ciel est en fête et chante ses louanges,
Et l'on entend passer les douces voix des anges
    A travers le ciel bleu.
Et l'on voit scintiller, au séjour de la gloire,
Le diadème d'or, gage de sa victoire,
    Entre les mains de Dieu.

« Amour ! amour ! amour à notre souveraine !
De la terre et des cieux cette Vierge est la **Reine**,
   La gloire des élus !...
C'est la fille de Dieu, l'Épouse bien-aimée,
De l'Esprit du Très-Haut la toute parfumée,
   La Mère de Jésus !

Gloire ! gloire à jamais à son **front** qui rayonne !
Gloire à son sceptre d'or et gloire à sa **couronne** !
   Et gloire à son grand cœur !
Prosternés à ses pieds, nous saluons en elle
La pureté sans tache et l'œuvre la plus belle
   De notre Créateur !... »
Ainsi chantait le ciel....

VI

   Et la terre attendrie.
Dans un hymne d'amour en l'honneur de Marie,
   Fait entendre sa voix :
« Gloire à celle qu'un jour Dieu nous légua pour **mère**,
A l'heure qu'il parlait, sur le mont du Calvaire,
   Pour la dernière fois !

Montez, montez aux cieux, ô Vierge toute belle,
Allez ceindre là-haut la couronne immortelle,
   O Reine des élus !
Mère, nous vous aimons, protégez-nous sur terre,
Obtenez-nous d'aller un jour, ô tendre Mère,
   Avec vous et Jésus ! »

VII

Et Dieu prit dans ses mains la couronne de reine :
« O Vierge, sois, dit-il, sois ici souveraine... »
   Le ciel s'agenouilla....
Et les cœurs dans le ciel, inondés de lumière,
Et les cœurs ici-bas, ravis dans la prière,
   Chantaient l'*Alleluia !*

MARIA-MAGDALENA

Et erat in civitate peccatrix...
Attulit alabastrum unguenti et unxit pedes Jesu.
Dans la ville elle était connue comme pécheresse.
Elle apporta un vase de parfums et elle oignit les pieds de Jésus.
(Évangile.)

I

Au fond de l'Orient, près de Tibériades,
Sur des monts escarpés s'élevait Magdala,
Château fort dont l'enceinte avait au moins dix stades
Et dont les murs cachaient les grottes d'Arbela.
Or, un jour que Jésus prêchait en Galilée,
Après avoir quitté l'ingrate Bethléem,
Une femme inconnue, et richement voilée,
Allait de Magdala jusqu'à Jérusalem.
Derrière elle marchait une suite nombreuse,
Aux habits luxueux, parés de soie et d'or;
Cette foule chantait et paraissait heureuse,
L'allégresse des cœurs jaillissait à plein bord.
Mais la femme inconnue, à la tête hautaine,
A ces transports bruyants ne prenait nulle part;
Sur son char elle allait tranquille dans la plaine,
Avec un rêve étrange au fond de son regard...
Elle était jeune et belle, et sa taille élancée
Était celle du cèdre aux rameaux odorants,
Sous d'épais cheveux blonds sa tempe était pressée,
Elle était noble et riche... Elle avait vingt-deux ans.
Aux yeux des étrangers voilant son beau visage,
Elle allait fièrement et ne leur parlait pas.
On était étonné... mais après son passage
On demandait son nom... et l'on causait tout bas...

Et l'on disait : « Voyez, sur ce front diaphane
« Rayonne la beauté mais aussi l'impudeur,
« Car c'est elle en effet, la grande courtisane,
« Et chez elle au plaisir se mêle la douleur... »
C'était vrai ; cette femme au si puissant empire,
Qui voyait tous les fronts courbés devant ses pas,
Cette femme aujourd'hui n'avait plus de sourire,
Et le bonheur, le vrai, pour elle n'était pas.
Chez elle s'enchaînaient jeux et fêtes splendides,
Qui rehaussaient pour tous ses charmes, sa beauté,
Et son âme et son cœur demeuraient toujours vides
De tendresse, d'amour et de félicité.
Sous ses pieds on semait les feuilles de la rose,
On mettait à son front des couronnes de fleurs,
Et son âme pourtant demandait autre chose
Que les plaisirs du monde et leurs folles splendeurs.
De tous côtés en vain on accourait près d'elle.
Pour donner à son cœur de séduisants plaisirs,
Vainement on disait qu'elle était la plus belle,
Mais rien ne pouvait plus contenter ses désirs.
Elle rêvait... Pourquoi ?...

II

              Près de sa citadelle,
Hier sur le chemin qu'elle-même suivait,
Un regard de Jésus s'était fixé sur elle...
Et depuis ce temps-là, Magdeleine rêvait...
Magdeleine rêvait au séduisant visage
Qui portait les lueurs de la divinité,
A l'homme par hasard trouvé sur son passage,
A son regard sur elle un instant arrêté.
Ce regard de Jésus sur elle, pauvre femme,
Ce regard pénétrant comme un rayon de feu,
Venait de se graver pour jamais dans son âme,
De lui montrer vraiment que Jésus était Dieu !
Magdeleine rêvait...

III

Dans un repas de fête,
Par un certain Simon, Jésus fut invité.
C'était un ennemi. Mais le divin prophète
Comptait faire le bien : il avait accepté.
Très riche était la table et nombreux les convives ;
Tous étaient Pharisiens. De cet homme si doux,
Que le peuple entourait d'affections si vives,
Déjà depuis longtemps ils se montraient jaloux.
Ils avaient en mépris ses belles paraboles,
Et devant le public ils se moquaient de lui ;
Ils savaient travestir ses actes, ses paroles,
Enfin ils espéraient le dompter aujourd'hui.
A leur faux jugement soumettant sa doctrine,
Ils la croyaient contraire aux Livres de la Loi.
« D'où viens-tu ? disaient-ils, quelle est ton origine ?
Mais n'es-tu pas le fils d'un pauvre ouvrier, toi ?... »
De leurs lèvres encore une insulte brutale,
Un blasphème hideux allait frapper Jésus,
Quand une femme entra tout à coup dans la salle,
Qui se remplit bientôt d'un murmure confus.
Cette femme portait, dans un vase d'albâtre,
Des parfums précieux d'une suave odeur ;
Elle alla, vacillant comme le feu dans l'âtre,
Se mettre à deux genoux aux pieds de son Sauveur...
Magdeleine pleurait...

IV

Sur les pieds du bon Maître
De ses yeux jaillissaient les pleurs du repentir ;
Le regret du passé faisait trembler son être ;
La honte et la douleur la faisaient tressaillir...
De ses longs cheveux d'or les tresses odorantes
Retombent jusqu'au sol... On n'entend pas un mot,
Mais parfois les soupirs, les plaintes déchirantes
D'un pauvre cœur brisé, quelquefois un sanglot.
Sur les pieds de Jésus que Magdeleine presse,

Le doux parfum se mêle aux larmes de ses yeux,
Et ces pieds... Magdeleine, en un moment d'ivresse,
Se met à les sécher avec ses blonds cheveux ;
Magdeleine pleurait...

V

En détournant la tête,
Les Pharisiens riaient et se parlaient tout bas :
« Vraiment, se disaient-ils, si c'était un prophète,
Cette femme à ses pieds ne se courberait pas ;
Eh quoi ! lui, le Très-Saint, il permet qu'on le touche !
Une femme impudique en approche sans peur !
Elle, la courtisane, elle a collé sa bouche
Sur ses pieds !... C'est bien vrai, ce n'est qu'un séducteur.
Et s'il est méprisé, ce n'est pas notre faute. »
Magdeleine pleurait...

VI

« Pharisiens, taisez-vous ! »
Dit Jésus. Puis alors s'adressant à son hôte :
« Simon, je veux parler. — O Maître, parlez, tous,
Nous écoutons. » Jésus regarda Magdeleine
De ce regard si doux tombé sur elle un jour,
Et Jésus, dans ce cœur qui débordait de peine,
A grands flots répandit l'allégresse et l'amour.
Magdeleine pleurait...
« Simon, vois cette femme,
Reprit le doux Jésus ; tous, vous la méprisez.
Tu m'as refusé l'eau que l'invité réclame,
Elle... a lavé mes pieds des pleurs qu'elle a versés.
Toi, tu n'as pas voulu, par honte ou par faiblesse,
Me donner le baiser de l'hospitalité ;
Cette femme a baisé mes pieds avec tendresse,
Elle pouvait cela, je suis la pureté.
Pour offrir les parfums, que d'habitude on donne
Aux convives amis qu'on réunit chez soi,
Simon, dans ta maison, je n'ai trouvé personne.

Cette femme a versé tous ses parfums sur moi :
Oh, oui ! je te le dis, Simon, il se peut être
Que ce cœur par le crime ait été déformé ;
Mais je te le dis bien haut, car moi je suis le Maître,
Ses péchés sont remis... Elle a beaucoup aimé ! »
Les Pharisiens alors, philosophes sublimes,
Qui se vantaient beaucoup et pardonnaient fort peu,
Étaient scandalisés... « Pour remettre les crimes,
Disaient-ils, qu'est-il donc ? Est-il le Fils de Dieu ?... »
Et Magdeleine aimait...

VII

A cette âme élevée
Jusqu'au ciel par l'amour, Jésus dit : « Sois en paix ;
Ton amour et ta foi, ma fille, t'ont sauvée... »
Et Magdeleine alors aima plus que jamais.

VIII

Elle sortit... L'amour qui bannit toute crainte,
Aux pieds de Jésus-Christ avait penché son cœur,
Et de la courtisane avait fait une sainte,
Et la plus belle après la mère du Sauveur.

. . . .
. . . .

IX

Quels que soient tes péchés, ô pauvre petite âme,
Imite Magdeleine aux pieds du doux Jésus,
Que ton cœur soit son cœur, qu'il brûle de sa flamme,
Et comme elle aussi, toi, tu ne pleureras plus.
Sur les pieds de ton Dieu mets ta lèvre amoureuse,
Et l'amour de Jésus descendra t'embaumer...
Ici-bas que faut-il pour que tu sois heureuse ?
Il faut aimer Jésus... il faut toujours l'aimer ;
L'aimer comme un enfant quand il aime sa mère,
Le prendre entre tes bras, le presser sur ton cœur,
L'appeler ton ami, ton époux et ton père...
Petite âme, crois-moi, c'est là tout le bonheur.

SAINT PIERRE

Cum autem senueris, extendes manus tuas.

Quand tu seras vieillard, tu étendras tes mains en croix.

(S. JEAN, ch. XXI, v. 18.)

I

« Les dieux sont irrités... Les temples sont déserts...
Hier on a senti du sang tomber des airs...
Les oracles l'ont dit : Les vengeances divines
Vont engloutir bientôt la ville aux sept collines,
Si les blasphémateurs des dieux ne sont punis.
Les arbres ne sont bons que s'ils sont rajeunis ;
Il faut alors couper toute branche inutile.
Pour rajeunir ainsi l'empire et notre ville,
Et garder à leur front leurs titres glorieux,
Je veux qu'on mette à mort les ennemis des dieux.
Je sais quel est leur nom, et je vous le révèle :
Des stupides chrétiens c'est la secte rebelle ;
Leurs crimes sont nombreux, leur bras est menaçant...
J'ordonne... Obéissez... Noyez-les dans leur sang...
Je dois venger des dieux la grandeur souveraine,
Je dois sauvegarder la puissance romaine,
Voilà pourquoi, Romains, je lance cet édit...
Moi, Néron, Tout-Puissant, l'Égal des dieux, j'ai dit... »

II

Les chrétiens effrayés ouvrent les catacombes,
Pour y chercher refuge au sein même des tombes ;
Les païens sont frappés d'une égale terreur,
En lisant le décret du divin empereur.
Le Vicaire du Christ, le Père des fidèles,

De l'enfer soulevé voit les hordes cruelles...
Pour sauver ses enfants, il est privé d'appui...
Il est seul... désarmé... Pierre tremble aussi lui.
C'est un monstre, Néron, n'ayant plus rien de l'homme ;
Et Pierre le sait bien... Et Pierre quitte Rome...
Il s'en allait tout seul, rêveur sur le chemin,
Quand, élevant les yeux, il aperçoit soudain
Jésus, le front percé d'une épine sanglante,
Haletant et brisé sous une croix pesante.
Des yeux pleins de tristesse et voilés par les pleurs
Révèlent de Jésus les profondes douleurs..
Sur le chemin poudreux, le doux Sauveur s'arrête ;
En poussant un sanglot, il incline la tête...
Saint Pierre, consterné, fléchit les deux genoux.
« O bon Maître, dit-il, mais où donc allez-vous ?
— Moi, répondit Jésus d'un ton de voix sévère,
Je vais mourir à Rome et revoir le Calvaire. »
L'apôtre s'écria : « Pardon, Maître, pardon !
La croix, elle est pour moi, mais plus pour vous, non ! non ! »
Le Sauveur disparut... Pierre revint à Rome...

III

« Pourquoi donc ces clameurs ? Soldats, quel est cet homme ?
— Invincible empereur, c'est le chef des chrétiens.
— Bravo ! cria Néron, chargez-le de liens ;
Et puisque cette secte et m'insulte et me brave,
Son chef mourra demain sur un gibet d'esclave !
C'est l'ordre de Néron ! Néron ne sait plier.
Un chef, cela ? Mais non, ce n'est qu'un batelier ;
A la croix ! » O César, ô monstre sanguinaire,
Étrange est ton erreur : de cet homme sur terre
Le pouvoir est immense : il est Guide et Pasteur.
De Dieu c'est le Vicaire et son ambassadeur.
Il est Père et Gardien et Pontife suprême,
Et quand il parle à Dieu, Dieu s'abaisse lui-même !
Oui, celui que tu mets aujourd'hui dans les fers,
O Néron, c'est le roi de ce vaste univers.
C'est un César plus grand que les Césars de Rome ;

En le faisant mourir, rien n'est détruit en somme,
Car son Église, à lui, ne périra jamais.
Elle vit dans la guerre, elle vit dans la paix ;
Tu ne peux effacer la parole éternelle.
Pierre vivra toujours ! L'Église est immortelle !
Néron n'entendit pas ces mots venus du ciel...
« Bourreaux, s'écria-t-il, à mort le criminel ! »

IV

Là-bas, au Janicule, une croix est plantée,
Et près de cette croix la foule est ameutée.
Les bourreaux à la mort conduisent un vieillard,
Sur lequel l'empereur jette un haineux regard
Du haut de son palais. Néron marche et s'agite,
Et sans savoir pourquoi, d'épouvante il palpite...
Le vieillard, c'était Pierre... Un instant sur la croix
Il attache ses yeux... Pour la dernière fois,
Il veut regarder Rome... Un calme et beau sourire
Épanouit sa lèvre en face du martyre,
Et l'on entend ces mots : « Écoutez-moi, dans peu
Rome sera le temple et la cité de Dieu.
Aux serviteurs du Christ, prodiguez les supplices,
Mais de ce Christ, un jour, vous verrez les justices. »
L'apôtre, en ce moment, vers Néron se tourna ;
L'empereur l'aperçut... l'empereur frissonna,
Car le front du martyr brillait d'une auréole.
A ses bourreaux alors adressant la parole,
Pierre leur dit ces mots : « Ne me refusez pas :
Sur ce gibet cruel, placez ma tête en bas.
Plus que tout autre, moi, je dois le reconnaître :
Le disciple ne peut mourir comme son Maître... »
Un instant, la pitié dans le peuple courut...
Mais Néron avait dit... Et saint Pierre mourut...

V

Alors vers le ciel bleu, de la sainte colline,
Monta pendant trois jours une lueur divine.
Et Néron s'écria, pâle, près d'un pilier :
« Cet homme n'était point un simple batelier ! »

SAINT PAUL

Paulus Apostolus Jesu Christi.
Je suis Paul, l'apôtre de Jésus-Christ.
(*II' Épitre aux Corinth.*, ch. i, v. i.)

O Paul, c'est toi qui sur toute la terre
As fait passer, comme un souffle puissant,
Ce cri d'honneur, cet appel à la guerre :
Un bon soldat doit répandre son sang,
Et fièrement, à son heure suprème,
S'ensevelir dans sa noble vertu,
Car nul au ciel n'aura le diadème,
S'il n'a sur terre ardemment combattu.

Quand je te vois, brillant de l'auréole
Du grand guerrier, du vrai soldat de Dieu,
Je comprends mieux ta sublime parole,
Et j'applaudis à ton cœur plein de feu.
Qui donc, ò Paul, sur ce champ de bataille,
Où pour drapeau se présente une croix,
Pourra trouver un guerrier de ta taille
Ayant de Dieu mieux soutenu les droits ?

Jamais ton bras n'a senti la faiblesse ;
Jamais ton cœur, un instant, n'a tremblé ;
Sur l'univers ta voix planait sans cesse,
Et son éclat jamais ne fut voilé.
Tu parcourus, comme un bruit de tempête,
Le monde entier qui sonnait sous tes pas.
Aux panthéons, les dieux levaient la tête
Et demandaient qui parlait tout là-bas.

« C'est Paul ! c'est Paul ! s'écriaient tous les prêtres ;
De nos autels voici le dernier jour.
Les dieux s'en vont... le culte des ancêtres
A disparu désormais sans retour. »
Et sous le choc de tes grandes paroles,
Le paganisme en effet s'écroulait ;
Tout s'en allait : les mœurs et les idoles...
Tu parlais, Paul, et la terre tremblait !...

Et cette voix, que nul homme n'apaise,
Tu la jetas, libre de tous liens,
Sur la Phrygie et la ville d'Éphèse,
En Macédoine, aux juifs comme aux païens ;
De sa grandeur Corinthe était saisie,
Elle agitait les arbres, les roseaux,
Et ses éclats ondoyaient sur l'Asie
Toujours pareils au bruit des grandes eaux.

Elle roula sur la cité d'Athènes
En suscitant et luttes et combats.
Non, non, jamais la voix de Démosthènes
N'a soulevé de semblables débats.
Et cette voix solennelle et sacrée,
Qui dans les cœurs se fixait comme un dard,
Fit réfléchir Félix, à Césarée,
A Rome enfin fit bouillonner César.

Paul, c'en est fait, ta carrière est finie...
Vaillant guerrier, tu dois courber le front.
Mais ne crains rien, ta sublime harmonie
A réveillé des cœurs qui lutteront.
Soldat du Christ, ta divine semence
Dans les sillons attendra peu de jours...
Quand c'est le Christ qui donne la puissance,
On peut mourir... le Verbe vit toujours.

Toi, le vainqueur des déités païennes,
Va noblement, c'est le dernier combat...
Ton Dieu Jésus, près des eaux Salviennes,
Veut couronner le front de son soldat...

On a choisi pour toi le fil du glaive :
Paul, n'est-ce pas ? pour un guerrier c'est bien.
Quand on combat sans repos et sans trêve,
On doit mourir sous le glaive... en chrétien.

SAINT JEAN LE BIEN-AIME

Et erat quem diligebat Jesus.
Jean était celui que Jésus aimait.
(S. JEAN, ch. XIII, v. 23.)

Sur les bords enchanteurs du lac de Tibériades,
Au bourg de Bethsaïde, éloigné de dix stades
      Des neiges du Liban,
Un jour que les oiseaux chantaient sous la feuillée,
Que le printemps baisait la nature éveillée...
      Il naquit un enfant.

Salomé, femme aimante et douce, était la mère ;
Le père, Zébédé. C'était un homme austère,
      Un habile pêcheur.
Il n'avait pour trésor que sa voile et sa barque,
Mais il était pourtant plus heureux qu'un monarque,
      Il aimait le Seigneur...

Quand l'enfant eut grandi, la maison paternelle
Le garda dans son sein : la mère sous son aile,
      Le père près de lui.
Il apprit à ramer, à manœuvrer les voiles,
A courir sur les flots aux rayons des étoiles,
      Quand le soleil a fui...

Il jetait les filets dans les vagues profondes,
Et, quand ils étaient pleins, les retirait des ondes
      Avec habileté.
Son père, en le voyant, dressait sa blanche tête,
Applaudissait joyeux, au sein de la tempête,
      Son intrépidité.

C'était un beau jeune homme au front calme et limpide,
De célestes douceurs son âme était avide,
     Et pur était son cœur.
Le monde fit en vain gronder son sourd murmure,
Il demeura debout, et garda sans souillure
     Sa splendide candeur.

Ses cheveux étaient blonds comme les fleurs des saules,
Bouclés ils retombaient sur ses blanches épaules ;
     D'azur étaient ses yeux.
Quand les anges venaient voir quelque patriarche,
Ils devaient posséder, je crois, cette démarche
     En descendant des cieux.

Et son nom était Jean, c'est-à-dire puissance,
Amour, grâce, splendeur et candide innocence.
     Il portait bien son nom,
Car c'était un beau lis à la blanche corolle,
Il avait des vertus la brillante auréole,
     Et la splendeur au front.

Un jour, Jean se trouvait avec Jacques, son frère ;
Ils étaient tous les deux dans la barque du père,
     Arrangeant leurs filets.
Des gouttes de sueur perlaient sur leur visage,
Quand un pas s'entendit soudain sur le rivage,
     Au milieu des galets.

Un étranger paraît... son regard s'illumine,
Il porte sur son front une empreinte divine...
     Et Jean l'a reconnu.
« Frère, à genoux ! dit-il, le Maître de la vie,
Le voici devant nous ! C'est lui, c'est le Messie !
     Vois, frère, il est venu !... »

Vraiment c'était Jésus. Et d'une voix plus douce
Que la brise d'été sur un tapis de mousse,
     Jésus dit : « Suivez-moi !
Oui, je suis le Sauveur. Je suis aussi le Verbe.
Oui, moi, je suis connu du cèdre et du brin d'herbe,
     Car moi, je suis le Roi ! »

Les deux frères alors, sans hésiter une heure,
Se lèvent... quittent tout... barque... filets... demeure...
  Et leur lac au flot bleu ;
Et, sans avoir reçu les baisers de leur mère,
Ils partent, laissant tout ce qu'ils aiment sur terre,
  Car ils ont trouvé Dieu...

Et Jean devint bientôt, de Jésus le bon Maître,
De Jésus que son cœur venait de reconnaître,
  L'apôtre bien-aimé.
Car Jésus savait bien que cette âme était pure,
Il savait que le cœur de Jean, sa créature,
  Était tout parfumé.

Et Jean, de plus en plus captivé de tendresse
Pour son maître chéri, le regardait sans cesse,
  Ne le quittant jamais.
Quand il touchait Jésus, il sentait dans son âme
Des anges du Seigneur passer toute la flamme
  Et la suave paix...

Il était avec lui, quand un nommé Jaïre,
Près de Capharnaüm, accourut pour lui dire :
  « O Maître, pressez-vous !
Ma fille meurt... Ayez pitié de sa famille ! »
Quand alors Jésus dit : « Lève-toi, jeune fille ! »
  Jean était à genoux.

Il était avec lui, nous dit la sainte histoire,
Quand Jésus fit paraître un rayon de sa gloire
  Au sommet du Thabor.
Avec lui près du puits de la Samaritaine,
Quand l'âme de Jésus d'amour était si pleine,
  Là Jean était encor.

Et quand au dernier jour, au milieu du Cénacle,
Le Sauveur accomplit son sublime miracle,
  Digne d'un Créateur,
Et déjà sur le point de terminer sa vie,
Quand il nous fit le don de son Eucharistie,
  Jean était sur son Cœur.

Oui, Jean baisait alors cette sainte poitrine,
A longs traits il buvait la tendresse divine
      Et les douceurs du ciel.
Quel spectacle, mon Dieu, dans cette salle obscure,
De voir en ce moment la pauvre créature
      Embrasser l'Éternel !...

Les Anges enviaient son ineffable ivresse,
Lui, dans le Cœur d'un Dieu, puiser une caresse
      De ses lèvres de feu !
Quoi ! notre Créateur, il le presse ! il le touche !
Nous voudrions aussi posséder une bouche
      Pour baiser notre Dieu !

Et quand Jésus voulut subir son agonie,
Alors, dans le jardin, de sa face bénie,
      A flots le sang coula.
Sur notre Dieu brisé, tous les péchés du monde
Roulaient tumultueux en vague furibonde ;
      Alors Jean était là...

Enfin Jésus était cloué sur le Calvaire,
Unissant par sa croix et le ciel et la terre...
      Les autres avaient fui...
Mais Jean le bien-aimé, Jean, l'apôtre fidèle,
Ne quitta point Jésus à cette heure cruelle,
      Il était près de lui !...

Jésus, baissant les yeux, vit Jean près de sa Mère.
D'une voix où passaient les notes du mystère
      Et son dernier amour :
« Femme, voilà ton fils ; reçois-le, je t'en prie...
Ami, dit-il à Jean, sois l'enfant de Marie
      A partir de ce jour !...»

Et Jésus expira... Jean parcourut le monde,
Annonçant de Jésus la doctrine féconde
      Et lui gagnant des cœurs.
Son amour seul parlait et subjuguait les âmes,
Pour le Maître chéri les remplissait de flammes
      Par ses charmes vainqueurs.

Après avoir atteint une longue vieillesse,
Disant à ses enfants des mots pleins de tendresse,
      Au ciel il prit l'essor.
Jean pourra désormais, de Celui qu'il désire
Contempler les attraits, admirer le sourire,
      Et l'embrasser encor !

LA PERDRIX DE SAINT JEAN

Filioli diligite alterutrum.
Mes petits enfants, aimez-vous les uns les autres.
(Commentaire de S. Jérôme sur l'Epitre
aux Galates.)

Jean, dont la longue vie allait bientôt finir,
Avait gravi le mont Libate, près d'Ephèse ;
Il voulait voir sa ville, et la voir à son aise,
    La voir... et puis mourir.

Il souriait aux cieux... et Jésus dans la nue,
Montrant son cœur brûlant où Jean s'était pâmé,
Lui dit : « Ta place est là, disciple bien-aimé
    « Et ton heure est venue. »

Sur la montagne alors ployant les deux genoux,
Et le front éclairé d'une douce auréole,
Saint Jean bénit Ephèse et dit cette parole :
    « O mes fils, aimez-vous.

« Ces mots, je les ai pris au Cœur du divin Maître
Et mes lèvres à vous les ont dits chaque jour ;
Pour enfants de Jésus, ô mes fils, c'est l'amour
    Qui vous fera connaître. »

Et l'Apôtre étendit ses deux bras défaillants,
Jeta cette parole à la brise légère :
« Pour aimer dans le ciel, il faut aimer sur terre :
    Aimez-vous, mes enfants ! »

En achevant ces mots, tout près de son visage
Il sentit palpiter l'aile d'une perdrix ;
Caressante elle était, joyeux étaient ses cris,
    Doux était son plumage.

Saint Jean la reconnut et lui donna ses doigts...
Il l'avait pour compagne en ses courses lointaines ;
Elle allait avec lui sur les monts, dans les plaines ;
    Elle entendait sa voix.

C'est lui, le doux vieillard qui l'avait élevée...
Il était sur le mont, et la pauvrette, un jour,
Etait déjà tombée aux serres d'un vautour,
    Et lui l'avait sauvée.

Après avoir baisé son plumage éclatant,
Le bien-aimé lui dit : « Dans les vastes campagnes,
Joyeuse et libre, va rejoindre tes compagnes,
    Petit oiseau, va-t'en ! »

La perdrix entendit... mais ne fut point tentée
De retourner aux champs, à la vigne, à la fleur.
L'Apôtre la sentit appuyer sur son cœur
    Sa tête veloutée.

Le saint lui dit alors : « Eh bien ! reste avec moi,
Je serai ton soutien et ton ami fidèle :
Tu mangeras mon pain, je baiserai ton aile,
    Et tu chanteras, toi. »

Et quand on voyait Jean, sous un vieux térébinthe,
Caressant sa perdrix, on souriait un peu,
Mais lui disait : « Enfants, quand cela vient de Dieu,
    La joie est bonne et sainte. »

Mais, ce matin, prenant dès l'aube son linceul,
Jean s'était dirigé vers la haute montagne,
Et se cachant aux yeux de sa douce compagne,
    Il était venu seul.

Mais l'amour dans un cœur bientôt fait tout connaître...
La perdrix accourut, jetant ses cris joyeux.
Rien n'avait pu tromper ni son cœur ni ses yeux,
    Son amour pour son Maître.

Et Jean la regarda : « Ma mignonne, dit-il,
Je vais te laisser seule ici-bas sur la terre,

Moi, je m'en vais là-haut, dans la pure atmosphère,
    J'ai fini mon exil.

« Mais ne crains rien... du ciel la douce Providence
Veillera sur tes jours demain comme autrefois,
Te donnera l'ombrage et la graine des bois ;
    Garde cette espérance. »

La perdrix écoutait... Et Jean reprit encor :
« Reçois, petit oiseau, ma dernière caresse,
Puis vers les chauds sillons où règne l'allégresse,
    Dirige ton essor. »

Et la perdrix soudain frémit d'étrange sorte.
Elle prit un baiser aux lèvres du vieillard,
Puis un voile de pleurs assombrit son regard...
    La pauvrette était morte !...

Et l'Apôtre étendit ses deux bras défaillants,
Jeta cette parole, à la brise légère :
« Pour aimer dans le ciel, il faut aimer sur terre ;
    « Aimez-vous, mes enfants ! »

SAINT IGNACE D'ANTIOCHE

Frumentum Christi sum, dentibus bestiarum
molar, ut panis mundus inveniar.

Je suis le froment du Christ, je serai moulu
par la dent des bêtes féroces et je deviendrai
un pain digne de la table de Dieu.

(Paroles de S. Ignace.)

« Moi, Trajan, moi, César, gouverneur de la terre,
Auguste, Bienheureux, le Grand, le Débonnaire,
Pontife souverain et le suprême Roi,
Je veux que dès demain paraisse devant moi
Ignace d'Antioche. On dit que sa doctrine
Est contraire à nos lois, que ce vieillard s'obstine
A rejeter les dieux de l'empire romain,
A confesser le Christ... Nous l'entendrons demain. »

. . . .

Le moment indiqué par l'empereur approche.
Le vieillard amené de la ville d'Antioche,
Par de cruels geôliers qui l'ont chargé de coups,
S'avance au tribunal... Hypocrite et jaloux,
Dans sa sédia d'or l'empereur a pris place.
Les Pontifes des Dieux, tremblants devant sa face,
Les licteurs orgueilleux et les prétoriens
Sont là.
       L'empereur dit : « Des stupides chrétiens
Es-tu donc un des chefs ?
               — Je suis un de leurs prêtres,
Lui répondit Ignace.
              — Et quels sont tes ancêtres ?
— César, je suis chrétien.
              — Christ, que vous adorez,
Quel est-il ? D'où vient-il ? Vous avez des secrets

Que moi je veux savoir.
           — Jésus-Christ, que j'adore
Est Dieu, c'est le seul Dieu du couchant à l'aurore.
— Je te prends en pitié, vieillard... Je serai bon
Envers tes cheveux blancs. Dis-moi, quel est ton nom ? »
Ignace, en vrai soldat qui pressent la bataille,
Aiguise son regard, et, redressant sa taille,
Ignace dit ces mots : « J'obéis à ton vœu,
Empereur : moi, chrétien, je suis un porte-Dieu ! »
Trajan le magnanime eut un hideux sourire.
« Les chrétiens sont, dit-il, ennemis de l'empire :
Je ne veux pas, vieillard, prolonger ces débats.
Tu n'es qu'un insensé, mais demain tu mourras. »
L'empereur s'est levé, puis a quitté la salle,
En jetant aux bourreaux cette phrase brutale :
« Aux bêtes, l'importun ! »
            Alors, le lendemain,
Ignace fut conduit au grand cirque romain.
Tout le peuple était là, sur les gradins immenses,
Attendant le moment des grandes jouissances.
Ce peuple corrompu, de haine frémissant,
Ne prenait de plaisir qu'à voir couler le sang.
Sous son dais d'écarlate aux éclatantes franges,
L'empereur étendu respire les louanges
Que peuple et courtisans font monter jusqu'à lui.
Ignace est dans l'arène... Il est seul, sans appui.
Mais c'est un porte-Dieu, comme il a dit lui-même,
Et seul il ne craint pas la puissance suprême
De l'injuste César... « Au lion, au lion,
L'ennemi de nos Dieux ! De la rébellion
Il faut briser la tête ! » Et ce cri de colère
Sur Ignace à genoux roule comme un tonnerre.
Ignace n'a pas peur... Auguste et solennel,
Il se lève et du doigt il indique le ciel.
Mais on entend du bruit... La cage souterraine
Est ouverte... Un lion fait un bond sur l'arène...
Tout le peuple applaudit... Et le fauve hésitant
Promène son regard sur la foule un instant.
Le peuple le connaît, c'est le lion numide,

Celui de l'empereur, de sang toujours avide.
Il peut, dans un seul jour, combattre et mettre à mort
Quinze gladiateurs sans faire aucun effort.
Il écoute... et soudain hérissant sa crinière,
Il rugit... Il a vu le martyr en prière.
D'un bond il est rendu... Le saint vieillard là-**bas**
L'appelait souriant et lui tendait les bras.
La bête d'un seul coup de son **ongle** robuste
A mis à nu le cœur de ce vieillard auguste...
Le martyr est au ciel... Mais voici que son cœur
Brille comme un soleil, et, dans cette splendeur,
Etincellent ces mots, écrits en traits de flamme :
« Peuple, la croix, un jour, sera ton oriflamme.
Rien ne la détruira : ni le fer ni le feu ;
Jésus de Nazareth est le seul et vrai Dieu ! »

.   .   .   .

.   .   .   .

Sur le sable rougi du sang de sa victime,
Le lion prosterné paraît pleurer son crime.
Le peuple réfléchit à ce nom de Jésus,
Et sur son trône d'or Trajan ne riait plus.

SAINT GEORGES

Bonum certamen certavi.
J'ai combattu le bon combat.
(II⁰ *Epître à Timothée*, ch. IV, v. VII.)

I

En ces siècles de haine, en ces moments de crise,
Quand dans tout l'univers des enfants de l'Église
    Le sang était versé,
Les bourreaux croyaient bien que par ce long martyre
Jésus serait vaincu... que son nom dans l'empire
    Serait vite effacé.

Les bourreaux se trompaient... et les nobles victimes,
Effaçant en mourant les hontes et les crimes,
    Semaient la foi partout.
Puis, après les tourments de cette longue guerre
L'Église à tous les yeux apparut sur la terre
    Plus que jamais debout.

Or, dans ces tristes temps de colère sauvage,
D'un beau soldat du Christ le sublime courage
    Triompha des enfers...
C'était l'an trois cent trois... Dioclétien, cet homme
Orgueilleux et méchant, régnait alors sur Rome
    Et sur tout l'univers.

Le pape Marcellin, au sein des Catacombes,
Etait chef de l'Église... et du milieu des tombes
    Il élevait la voix,
Pour affirmer du Christ la puissance et la gloire,
Pour crier aux chrétiens qu'ils auraient la victoire
    En embrassant la croix.

Dioclétien disait : « Il faut venger l'injure
Que l'on fait à nos dieux... dévoiler l'imposture
    De ce faux dieu Jésus.
A l'œuvre donc, bourreaux ! Préparez les supplices...
Ou les chrétiens feront aux dieux des sacrifices,
    Ou bien seront vaincus !... »

II

Un jour, cet empereur était en Cappadoce,
Entouré jour et nuit d'une troupe iéroce
    De bourreaux, de soldats ;
Il jugeait les chrétiens, mais ses arrèts iniques
Demeuraient sans effet sur ces cœurs héroïques,
    Car ils ne tremblaient pas.

On pouvait les broyer par la gueule des bêtes,
Les jeter dans les flots, faire rouler leurs tètes
    Aux sanglants échafauds.
Les brasiers n'étaient rien... les crocs, la poix ardente
Déchiraient et brùlaient... mais de leur foi puissante
    Ils lassaient les bourreaux.

Devant Dioclétien paraît brillant de gloire,
Comme au champ de bataille, au jour d'une victoire,
    Un brave et beau soldat.
« Empereur, disait-il, vous espérez abattre
Mon courage et ma foi ?... Vous voulez donc combattre :
    J'accepte le combat.

— Jeune homme, j'ai voulu te combler de largesses,
J'ai voulu te donner les honneurs, les richesses, »
    Lui dit Dioclétien.
Le soldat répondit : « Les honneurs de ce monde
Je ne les cherche pas... tout passe comme l'onde...
    Et moi, je suis chrétien.

— Soldat, dit l'empereur, je connais ta vaillance,
Et je sais de ton bras la force et la puissance,
    Je veux t'honorer, moi !...
Mais au Galiléen il faut cesser de croire,

Car sa religion est une sotte histoire
    Bien peu digne de toi.

— Empereur, ce Jésus que ta bouche blasphème,
Est lui seul le vrai Dieu... C'est de sa main suprême
    Que tu tiens ton pouvoir...
La pierre, l'or, le bois dont tu fais tes idoles,
Ne forment point des dieux, car ils sont sans paroles
    Et ne peuvent point voir. »

Dioclétien, surpris de ce ferme langage
Brandit son sceptre d'or et cria plein de rage :
    « Resserrez ses liens !
Bourreaux, pour le dompter employez la torture...
Je puis compter sur vous... Par mes dieux, je le jure,
    Je vaincrai les chrétiens !... »

Les bourreaux commandés, palpitant de colère,
S'emparent du soldat et le jettent à terre,
    Le tiennent renversé...
Puis en poussant des cris sinistres dans l'espace,
Ils roulent un rocher qui passe et qui repasse
    Sur le corps écrasé !...

III

Georges vivait encore... En vain on le déchire...
Le martyr, triomphant avec un doux sourire,
    Disait : « Je suis chrétien !... »
Du ciel bleu descendit une voix angélique,
Et cette voix criait : « O soldat héroïque,
    O Georges, ne crains rien !... »

L'hypocrite empereur essaya les caresses,
Fit au vaillant martyr les plus belles promesses,
    En termes séduisants :
« Du respect pour les dieux viens nous offrir l'exemple ;
Oui, je te donne tout, si tu viens dans le temple
    Brûler un grain d'encens ! »

IV

Le soldat, se levant, soudain se mit en marche...
De la porte du temple ayant touché la marche,
       Il dit à haute voix :
« En ce jour, Apollon, acclamant ta puissance,
Dois-je courber le front, à tes pieds... en présence
       Du peuple que tu vois ?... »

L'idole répondit : « Que ton pieux hommage
S'élève au ciel, soldat, et non devant l'image
       Qui décore ce lieu.
Le seul Dieu, c'est Jésus, c'est le Sauveur des hommes.
Mensonge, iniquité, voilà ce que nous sommes!
       Le seul Dieu, c'est ton Dieu! »

V

Alors on entendit, s'exhalant de la terre,
Des plaintes et des cris de rage et de colère,
       Des sanglots de fureur.
« Malheur! Malheur à nous! Nous devons reconnaître
Que le Dieu des chrétiens est vraiment notre Maître
       Et qu'il est le vainqueur! »

Dans le peuple ce mot fut comme un coup de foudre,
Et les dieux renversés furent réduits en poudre
       Sur leur socle d'airain.
L'empereur s'écria : « Peuple, pas d'épouvante!
Ce n'est qu'un magicien... Ma voix toute-puissante
       Ne parle pas en vain.

« Emmenez ce chrétien... Et que sa tête tombe!
Bourreaux, je vous commande... Et scellez bien sa tombe,
       Car moi, Dioclétien,
Je veux avoir raison de cet homme rebelle,
Je veux anéantir la race criminelle
       De leur Galiléen. »

VI

Bientôt le saint martyr, succombant sous le glaive,
Comme un lis embaumé qu'à sa tige on enlève,
    Au ciel monta vainqueur...
Et l'Église brilla d'une nouvelle gloire...
L'intrépide soldat, lui seul, eut la victoire.
    Et non point l'empereur.

Georges seul est vainqueur, car il a les hommages
De l'univers entier... et devant ses images
    On s'agenouille encor.
Il est roi dans le ciel, et sur son front rayonne
D'un triomphe éclatant l'immortelle couronne...
    Dioclétien est mort...

Et l'Église du Christ a, par son héroïsme,
Dans de sanglants combats vaincu le paganisme
    Et brisé ses dieux sourds.
Et le Galiléen qui souffrit au Calvaire,
Règne au plus haut des cieux ; il règne sur la terre,
    Il régnera toujours.

SAINTE MONIQUE ET SAINT AUGUSTIN

« Nous parlions du ciel, ma mère et moi,
sur la terrasse de notre maison d'Ostie. »
(Confessions de S. Augustin.)

C'était un soir d'été... Sous un vert oranger,
Au pays où l'on voit les roses éternelles,
Où le ciel est d'azur, où l'on ne voit changer
Des rayons du soleil les teintes solennelles ;
Là-bas, au port d'Ostie, aux terrasses en fleurs,
Les regards sur les flots et la main dans la main,
Le cœur vers le ciel bleu, les yeux voilés de pleurs,
Étaient assis Monique et son fils Augustin.

Le silence régnait partout dans la nature,
Chez l'homme à son foyer, chez l'oiseau dans les bois ;
La brise seule alors agitait la verdure
Et sur le front des fleurs faisait passer sa voix ;
A cette heure du soir, lentement amenée,
Le soleil au couchant, de son dernier rayon,
Baisait avec amour la Méditerranée
Et rougissait le flot qui berce l'alcyon.

De Monique, soudain, le beau front s'illumine...
« Oh ! je savais, dit-elle, un jour qu'entre mes bras
J'aurais mon fils vaincu par la bonté divine ;
Mes larmes me disaient qu'il ne périrait pas.
O mon Dieu, sois béni ! Ce fils, je le possède ;
Je l'ai cherché longtemps, je le retrouve enfin.
A l'amour maternel ton cœur lui-même cède,
Puisqu'aujourd'hui, Jésus, tu me rends Augustin.

— Oui, Jésus est puissant, ô mère bien-aimée,
Mais ton ardent amour fut plus puissant encor ;
Ton âme, que la grâce a sans cesse embaumée,
A lutté contre Dieu... Ton cœur fut le plus fort...
Gloire à Dieu seul pourtant, si j'ai vaincu le monde,
Si j'écrase ma chair sous l'esprit aujourd'hui,
Si, dans mon cœur, je sens le calme qui m'inonde.
Tout cela vient de Dieu... La gloire est donc à lui !

— Gloire à Dieu seul, mon fils ! que nos âmes ensemble
Célèbrent son triomphe, exaltent sa bonté...
Mon cœur est devant lui comme une herbe qui tremble ;
Lui seul est tout, mon fils, et puissance et beauté.
C'est lui seul qui guérit, et lui seul, de la tombe,
Sait réveiller les morts à sa puissante voix ;
Lui seul peut relever notre cœur quand il tombe.
Il est Maître et Seigneur ; il est le Roi des rois.

— Il est grand, il est bon, le Seigneur, ô ma mère,
Car lui-même a juré, lui, le Verbe éternel,
De répandre sur nous sa grâce sur la terre,
De nous donner un jour les splendeurs de son ciel.
Ce ciel où le bonheur et les douces ivresses,
Dont il veut enivrer l'âme de ses élus,
Sont tels que de l'esprit les nobles hardiesses
Ne les ont espérés et ne les ont conçus.

— Oui, c'est là-haut, mon fils, dans l'essence divine,
Que nos cœurs goûteront la chaste volupté...
Cessez, petits oiseaux... Vos chants sur la colline
Ne sont pas assez doux... O fleurs, votre beauté
Pour nous n'a plus d'attraits... De la sainte patrie
Nous voulons les parfums, les suaves accents...
N'entends-tu pas, mon fils, cette douce harmonie ?...
Pour moi l'heure est venue, ô mon fils, je le sens !

— Oui, je l'entends, ô mère... O brise, fais silence ;
Brise, n'agite plus les feuilles des roseaux ;
Laisse dormir en paix la vieillesse et l'enfance,
Laisse dormir les fleurs et les petits oiseaux.

Sur l'océan permets, brise, que tout repose ;
O vagues, taisez-vous. Silence, ô mon flot bleu ;
Le ciel est entr'ouvert, et sur un rayon rose
J'entends, j'entends passer la douce voix de Dieu.

— Vers le ciel, ô mon fils, laissons voler notre âme.
Arrachons-nous au bruit que l'on fait ici-bas.
Que l'amour de Jésus, sur ses ailes de flamme,
Emporte notre cœur. Dieu seul ne trompe pas.
Oh ! laisse-nous monter dans la pure atmosphère ;
Aujourd'hui nous allons au-devant de l'Époux.
Il vient, il vient, c'est lui ! Ne parle plus, ô terre !
C'est lui ! c'est lui ! Mon fils, fléchissons les genoux.

— O divine beauté, laisse tomber tes voiles ;
Vers toi nous aspirons à prendre notre essor.
Laissez passer notre âme, ô splendides étoiles,
Nous voulons aller voir plus loin que vous encor.
Entr'ouvre-toi, bleu ciel, et laisse les colombes
Voler à tire-d'aile au céleste séjour,
Car l'amour les invite à délaisser leurs tombes,
A s'élancer là-haut dans les bras de l'amour.

— Chérubins enflammés, beaux Séraphins, Archanges,
Vous qui portez au front des rayons de splendeurs,
Vous qui chantez de Dieu les sublimes louanges,
Ne serrez plus vos rangs, laissez monter nos cœurs.
Rien ne peut de l'amour réprimer les ivresses,
Ses désirs emportés et ses élans de feu.
Anges, ne barrez pas la route à nos tendresses
Qui veulent s'élever pour aller jusqu'à Dieu.

— Mère, ne sens-tu pas le souffle qui m'inspire ?
Le grand jour de l'amour, mère, c'est aujourd'hui...
Ce que ressent mon cœur, qui pourrait donc le dire ?
Tombons dans l'Éternel et perdons-nous en lui.
Dieu n'a pas de passé, c'est l'amour immuable,
C'est l'amour infini qui n'a pas de demain.
Amour ! amour ! amour ! ô bonheur ineffable !
Oui, je possède Dieu !... Mère, donne ta main...

— Oui, je suis avec toi, mon fils, dans le mystère,
Dans la beauté de Dieu, dans le feu de l'amour !
O flamme de l'Esprit ! ô charité du Père !
O tendresse du Fils ! ô splendide séjour !
Sur la terre d'exil je ne veux plus descendre !
O mon Dieu, gardez-moi désormais près de vous.
O Dieu, je veux vous voir et je veux vous entendre
Pendant l'éternité, Seigneur, à deux genoux. »

Leurs lèvres à tous deux restèrent sans paroles,
Mais un reflet d'en haut, éclatant et vermeil,
Mettait à leurs deux fronts de riches auréoles ;
Leur visage brillait comme le beau soleil...
Et leur cœur embrasé s'agitait comme un vase,
Sous l'amour de leur Dieu qui coulait à plein bord...
C'est l'heure de l'amour... Silence ! c'est l'extase...
Cieux, gardez vos secrets... baissez vos voiles d'or.

Et là-bas, tout là-bas, où l'océan se penche,
Sur les flots endormis au doux souffle du soir,
On vit le lendemain passer la voile blanche
D'un esquif balancé comme un pur encensoir.
Le corps inanimé de la douce Monique,
Conduit par Augustin, allait sur le flot bleu
Vers le champ du repos, car son âme héroïque
Était restée au ciel, sur le cœur de son Dieu...

SAINT REMI

Francos ad Christi Domini fidem perduxit.
Saint Remi conduisit les Franks à la foi de Jésus-Christ.
(Légende du Bréviaire.)

I

Quand des Alamanni la belliqueuse ardeur,
Aux plaines de Cologne, enfonçait nos cohortes,
Quand les Franks, écumants de rage et de douleur,
Du castrum de Tolbiac gagnaient déjà les portes,
Clovis, couvert de sang et de morts entouré,
Maudissant tous ses dieux, raillait leur impuissance ;
Mais Clotilde, à genoux, dans le temple sacré,
Priait, le front courbé, le vrai Dieu pour la France.

Oui, Clotilde priait... Dans les splendeurs du ciel,
La Reine des élus, la Vierge immaculée,
Se tenait suppliante aux pieds de l'Éternel
Et lui disait ces mots, sous la voûte étoilée :
« Vous êtes mon Seigneur, mais vous êtes mon fils ;
Ayez pitié, mon Dieu, dans votre bienveillance,
Des Franks et de leur roi ; donnez-moi leur pays,
Pour royaume je veux le royaume de France. »

Et le front de Clovis s'illumina soudain
D'un rayon du ciel bleu, d'un beau rayon de gloire.
Le prince alors cria : « Je t'adore demain,
Si ton bras tout-puissant nous donne la victoire !
O grand Dieu de Clotilde, abaisse tes regards
Sur mes soldats vaincus, ranime leur vaillance !
Et je ferai graver aux plis des étendards
Ces mots en lettres d'or : Le Christ aime la France ! »

A peine il avait dit... Et les Franks, exaltés
Par un souffle divin qui fait battre leurs âmes,
Reviennent au combat, terribles, irrités,
La menace à la bouche et les yeux pleins de flammes.
Ils reprennent leur glaive et reforment leurs rangs,
Et des Alamanni le carnage commence...
Ce cri du roi Clovis pénètre aux cœurs des Franks :
« Allez ! Dieu nous conduit ! Dieu protège la France ! »

Le sang coule à grands flots sur les gazons épais...
Les Franks marchent toujours... l'ennemi se débande...
Les chefs Alamanni parlent déjà de paix ;
Leur roi vient de mourir et nul ne les commande...
« Roi des Franks, disent-ils, nous sommes des vaincus.
Nous serons désormais soumis à ta puissance ;
Arrête tes soldats... Nous ne combattrons plus...
O roi, nous serons fiers d'être enfants de la France. »

Le sang ne coule plus... Mais les échos des bois
Retentissent au loin des chants de la victoire.
Clovis, sur ses drapeaux, a fait placer la croix,
Et vainqueurs et vaincus en proclament la gloire.
Et l'on entend monter au plus profond des cieux,
Comme un bruit de marée, une clameur immense :
« Le Christ règne et commande ! Il est victorieux !
Vive à jamais le Christ ! Vive à jamais la France ! »

II

Noël ! Noël ! Noël ! Et le palais royal,
Dans la ville de Reims, resplendit de lumière.
Pendant cette nuit sainte un hymne triomphal
Enivre de bonheur la ville tout entière :
« Amour et gloire à Dieu ! Longs jours, bonheur et paix
A Clovis, roi des Franks ! A tous réjouissance !
Ciel et terre, chantez les immenses bienfaits
De celui qui bénit le premier roi de France ! »

A la porte du temple, et la houlette en main,
Remi, le grand évêque et l'apôtre fidèle,

Dans son cœur sent l'émoi d'un bonheur surhumain.
Cette race des Franks, cette race si belle,
Avec son roi Clovis va courber les genoux
Aux pieds de Jésus-Christ ! « O Dieu ! quelle espérance,
Dit le noble vieillard. O Jésus, oui, c'est vous,
Oui, c'est vous qui serez le vrai roi de la France !

« Désormais sans regrets, moi, je puis bien mourir ;
Mon cœur pourra cesser de battre en ma poitrine.
Je chanterai joyeux, à mon dernier soupir,
Le miracle éclatant de la bonté divine.
Découvre-toi, beau ciel, ô splendide séjour ;
Maintenant je puis voir la tombe sans souffrance,
Puisque mes yeux ont vu scintiller le grand jour
Où du berceau d'un Dieu doit se lever la France. »

Et sur l'ordre du saint, de verdure et de fleurs
Tout le temple est orné. Sur les autels, les cierges
Aux voûtes font monter leurs suaves odeurs.
De tout petits enfants, des chœurs de blanches vierges,
Sont là pour acclamer le prince élu de Dieu.
Et dans le temple saint, la vieillesse et l'enfance
Attendent pour lancer ce cri vers le ciel bleu :
« Le vrai soldat du Christ ici-bas, c'est la France ! »

Des tentures d'argent, de larges tapis d'or,
Des bannières de pourpre aux couleurs rayonnantes,
S'échappent de la voûte et vont, dans leur essor,
Orner de leurs splendeurs les murailles géantes.
« Allez, a dit l'évêque, allez, n'épargnez rien !
Dieu demande aujourd'hui cette magnificence :
Il s'agit de Clovis, du premier roi chrétien,
Il s'agit du pays qui doit être la France. »

Sur le chemin royal, le sable le plus pur
Est recouvert de fleurs. De longues branches d'arbres,
Des arbres tout entiers, s'élèvent dans l'azur...
Partout flambeaux ardents et colonnes de marbres ;
Inscriptions chantant le passé, l'avenir,
Lauriers, palmes, festons, guirlande qui s'élance...

Tout est prêt, tout est beau ! Clovis, tu peux venir,
L'amour que l'on te porte est digne de la France !

III

Le palais est ouvert... Clovis paraît là-bas,
Ayant à ses côtés la plus sainte des reines.
Le char est escorté de trois mille soldats,
Vêtus comme le prince, en blancs catéchumènes.
Tous les bardes sont là, suivis des guerriers franks ;
Le signal est donné... le cortège s'avance...
Un chant chrétien jaillit soudain de tous les rangs
Pour saluer Clovis, pour saluer la France :

« Honneur au roi Clovis qui se courbe aujourd'hui
Sous la main du vrai Dieu ! Gloire à l'âme vaillante
Qui reconnaît le Christ et s'avance vers lui !
Son cœur sera plus haut et sa main plus puissante.
Son pays sera grand et ses peuples heureux,
Car désormais le Christ montrera sa clémence
Au glorieux vainqueur, au prince généreux,
Qui vient lui consacrer la belle et noble France. »

Et Clotilde sourit... Et son regard au ciel
Porte au trône de Dieu l'ivresse de son âme ;
Depuis longtemps son cœur, aux pieds de l'Éternel,
A répandu ses vœux, sa prière et sa flamme.
Le ciel s'est entr'ouvert et le Christ s'est montré,
Et Clotilde aujourd'hui, dans sa reconnaissance,
Chante aussi de tout cœur le cantique inspiré,
Car elle a tant prié pour Clovis et la France !

Vers les étoiles d'or Clovis porte les yeux ;
Sur son front de guerrier rayonne l'allégresse...
Il s'adresse à Remi : « Sommes-nous donc aux cieux ?
Dit-il. Quelles splendeurs ! O père, quelle ivresse !
— Non, répondit l'évêque en étendant la main,
Mais c'est le vrai bonheur, ô prince, qui commence ;
Du séjour éternel, ô roi, c'est le chemin
Si vous servez le Christ, si vous aimez la France. »

Le cortège royal avance lentement
Au milieu des splendeurs que le prince contemple...
Dans tous les cœurs jaillit un saint ravissement,
Quand on arrive enfin à la porte du temple ;
Le roi descend du char, le baptistère est là...
Clovis est à genoux... la foule fait silence...
C'est l'instant solennel... le grand jour, le voilà !
C'est le jour où le ciel se penche sur la France...

IV

L'évêque saint Remi, des prêtres entouré,
Courbe le front et prie... Il cherche le saint chrême...
Mais en vain... Et pourtant c'est le rite sacré...
L'assistance est émue... Il se trouble lui-même...
Une colombe alors paraît à tous les yeux,
Portant un vase d'or... Son aile se balance
Un instant... Et ces mots tombent du haut des cieux :
« Voici le chrême saint pour tous les rois de France. »

L'allégresse redouble, et l'évêque à genoux
Rend grâces au Seigneur. Devant ce sanctuaire,
Tout le peuple applaudit le pontife si doux.
Remi se lève et dit : « Prince que je révère,
Tu peux le voir, le ciel te donne sa faveur,
Et Dieu te fait sentir sa divine présence.
Sous cette main bénie incline ton grand cœur,
Donne-lui ton amour et celui de la France.

« Fier Sicambre, à genoux ! et brûle désormais
Tous ces dieux qu'autrefois tu servais dans les Gaules.
Adore maintenant et confesse à jamais
Le Christ... et sous son joug abaisse tes épaules.
Je te baptise au nom du Père et de son Fils,
Au nom de l'Esprit-Saint... C'est la sainte alliance
De ton cœur, ô mon roi, du Christ et du pays,
Car en te baptisant, je baptise la France.

« Si tu chéris ce Dieu, tes exploits seront grands ;
De ton noble pays Dieu prendra la tutelle.

Dans l'univers entier, le noble bras des Franks
Sera le bras de Dieu si ce bras est fidèle.
Mais du pays, ô roi, pour garder la grandeur,
Conserve-lui d'abord sa chrétienne innocence ;
Alors, dans tous les temps, la main du Créateur
Restera sur ton front et bénira la France. »

Les Anges triomphants, planant dans le ciel bleu,
Entonnèrent soudain ce sublime cantique :
« Gloire à jamais au Christ et gloire à notre Dieu !
Honneur au roi des Franks, au prince magnifique ! »
En entendant ces mots et ce chant solennel,
L'ivresse s'empara de toute l'assistance ;
Et, dans un seul amour, ensemble terre et ciel
Poussèrent ce grand cri : *Dieu protège la France !*

SAINTE RADÉGONDE

Radegundis amans principis exuit
Vestimenta potentis,
Mundum sub pedibus premens.
Dans son amour de Dieu, Radégonde se
dépouille de ses vêtements de reine et
foule le monde sous ses pieds.

(S. Fortunat.)

I

« Allons ! guerriers, en selle !
De temps ne perdons pas !
Poursuivons l'infidèle
Qui se cache là-bas.
Il me faut Radégonde,
C'est elle mon espoir.
Allons ! courons le monde !
Je la veux dès ce soir.

« Que nos mains soient armées
Et volons sur ses pas ;
Reprenons nos framées,
Nos lances des combats ;
Mettons à nos épaules
Nos larges boucliers,
Puis, à travers les Gaules,
Lançons nos fiers coursiers.

« En route ! Moi, Clotaire,
Je commande et je veux !
Oui, traversons la terre,
Mes Francs, aux longs cheveux !
J'exige que la reine

Revienne près de moi.
Elle est la souveraine,
Et moi je suis le roi !

« Quelle main assez forte
Pourra la retenir,
Quand on verra l'escorte
Du roi des Francs venir ?
Et, s'il le faut, la guerre
Fera couler le sang...
On saura que Clotaire
Est un roi tout-puissant.

« Allons ! guerriers, en selle !
De temps ne perdons pas !
Poursuivons l'infidèle
Qui se cache là-bas.
Il me faut Radégonde,
C'est elle mon espoir.
Allons ! courons le monde !
Je la veux dès ce soir. »

Et les guerriers farouches
Du jeune roi des Francs
Laissèrent de leurs bouches
Tomber ces mots vibrants :
« Si la voûte céleste
Ne s'écroule sur nous,
A ta voix, à ton geste,
Nous obéirons tous.

« Puisque le roi commande,
Sellons nos destriers,
Et si la terre est grande,
Qu'importe à des guerriers ?
S'il le faut, goutte à goutte,
Notre sang coulera,
Mais nous cesserons route
Où terre cessera. »

De la fauve prunelle
De Clotaire irrité,

Jaillit une étincelle
De joie et de fierté.
« Bravo ! cria Clotaire,
Los à vos nobles cœurs !
Plus que jamais j'espère,
Nous reviendrons vainqueurs.

« Allons ! guerriers, en selle,
De temps ne perdons pas !
Poursuivons l'infidèle
Qui se cache là-bas.
Il me faut Radégonde,
C'est elle mon espoir.
Allons ! courons le monde.
Je la veux dès ce soir. »

II

Sur leurs coursiers rapides,
Clotaire et ses guerriers
Avaient mis, intrépides,
Le pied aux étriers.
Et là-bas, dans la plaine,
De Soissons jusqu'à Tours,
Les chevaux hors d'haleine
Couraient, couraient toujours.

Ils plongent dans l'espace
Qui s'ouvre devant eux ;
C'est la trombe qui passe,
Sur le chemin poudreux.
Leur flanc de sang ruisselle
Sous les durs étriers,
Et l'on voit l'étincelle
Jaillir des quatre pieds.

Cette horrible rafale,
Le manant, dans les bois,
La croyant infernale,
Se signe de la croix.
Pensant voir une flamme,

Il regarde au ciel bleu,
Pour remettre son âme
Entre les mains de Dieu.

Les cavaliers sauvages
Vomissent des jurons,
Et font passer leurs rages
Dans ces mots : Nous l'aurons !
Cette sombre parole,
Ce cliquetis de fer,
Et cette course folle,
Serait-ce donc l'enfer ?

Sur leurs coursiers rapides,
Clotaire et ses guerriers
Avaient mis, intrépides,
Leur pied aux étriers.
Et là-bas, dans la plaine,
De Soissons jusqu'à Tours,
Les chevaux hors d'haleine
Couraient, couraient toujours.

III

Ils viennent, Radégonde !
O belle aux cheveux d'or !
Leur course furibonde
Approche, approche encor.
Fuyez !... cette heure est chère,
Car le cruel époux
Accourt avec colère...
Fuyez !... et cachez-vous !

C'est Clotaire lui-même
Qui s'avance là-bas...
C'est le moment suprême,
Hâtez, hâtez vos pas !
Je comprends, pauvre sainte,
Votre indicible effroi ;
Je comprends votre crainte,
Car c'est lui votre roi.

Oui, les mains de Clotaire
Sont couvertes de sang;
Du sang de votre frère,
Du bel adolescent.
Clotaire aime le crime,
Vous savez sa fureur...
Vraiment, douce victime,
Grande est votre douleur.

Le ciel, le ciel se voile,
Car Clotaire a juré
De déchirer le voile,
Votre voile sacré.
De sa bouche railleuse,
Il rit de votre vœu...
O reine malheureuse
Invoquez votre Dieu!

Ils viennent, Radégonde
O belle aux cheveux d'or!
Leur course furibonde
Approche, approche encor.
Fuyez!... cette heure est chère,
Car le cruel époux
Accourt avec colère...
Fuyez!... et cachez-vous!

IV

Pleurant à chaudes larmes,
Le long des verts sentiers,
Radégonde en alarmes
S'enfuyait à Poitiers.
« O mon Dieu, disait-elle,
O vous, mon seul amour,
Gardez-moi sous votre aile
Des serres du vautour! »

Sous la sombre charmille,
La voyant qui passait,
Plus d'une jeune fille

Près d'elle s'empressait.
« Femme, lui disait-elle,
Pourquoi donc cet effroi?
Pourtant vous êtes belle
A captiver un roi. »

Et réprimant à peine
Un sanglot étouffant,
La belle souveraine
Répondait à l'enfant :
« Non, jamais Radégonde
N'aura le cœur d'un roi.
O jeune fille blonde,
Priez, priez pour moi ! »

La douce fugitive
Reprend avec ardeur
Sa course, puis arrive
Aux pieds d'un laboureur...
Et le manant s'écrie,
Rempli d'un doux émoi :
« C'est la vierge Marie
Ou l'épouse du roi ! »

Pleurant à chaudes larmes,
Le long des verts sentiers,
Radégonde en alarmes
S'enfuyait à Poitiers.
« O mon Dieu, disait-elle,
O vous, mon seul amour,
Gardez-moi sous votre aile
Des serres du vautour ! »

V

« Laboureur, dit la reine,
Remarque bien ceci :
Si l'on vient dans la plaine
T'interroger ici,
Réponds (Dieu te l'ordonne) ;
Depuis que j'ai semé,

Non, je n'ai vu personne
Sous le ciel embaumé.

« Oh! de toute mon âme
Je n'y faudrai d'un point,
Dit le serf. Belle dame,
Je ne mentirai point. »
Radégonde s'arrête,
Et scrutant l'horizon
Elle incline sa tête
Dans le fond d'un sillon.

Et l'avoine semée
Grandit, grandit soudain,
Epaisse et parfumée
Et pleine de bon grain.
La brise la caresse
Bien doucement, ce soir;
Elle monte et s'abaisse
Comme un pur encensoir.

L'âme tout enivrée,
Le manant à genoux,
Voit l'avoine dorée
Et dit : « Priez pour nous;
Vous êtes une sainte,
Belle dame, vraiment,
Oui, mon âme sans crainte
Répondra sûrement.

— Laboureur, dit la reine,
Remarque bien ceci :
Si l'on vient dans la plaine
T'interroger ici,
Réponds (Dieu te l'ordonne) :
Depuis que j'ai semé,
Non, je n'ai vu personne
Sous ce ciel embaumé. »

VI

Mais le manant écoute...
Un bruit! Le roi! C'est lui!
« Hé! vis-tu sur la route
Une femme aujourd'hui?
Parle, je te l'ordonne.
— Depuis que j'ai semé,
Non, je n'ai vu personne
Sous ce ciel embaumé.

— Par saint Martin, le moine,
Dit un fier cavalier,
Pourquoi donc cette avoine
Que mûre on voit plier?
Oui, vraiment, c'est étrange,
Revenons sur nos pas.
Nous poursuivons un ange
Que nous n'atteindrons pas.

— Par saint Pierre, l'apôtre,
Nous nous trompons un peu,
Dit lentement un autre,
Car c'est le doigt de Dieu! »
Alors toute l'escorte
S'écria : « Finissons!
Radégonde l'emporte,
Retournons à Soissons! »

Sur son coursier fidèle
Ruisselant de sueur,
Clotaire sur sa selle,
Clotaire était rêveur.
Dans un profond silence
Ses yeux étaient fixés
Sur la magnificence
Des épis balancés.

Mais le manant écoute...
Un bruit! Le roi! C'est lui!
« Hé! vis-tu sur la route

Une femme aujourd'hui?
Parle, je te l'ordonne.
— Depuis que j'ai semé,
Non, je n'ai vu personne
Sous ce ciel embaumé.

VII

— Allons ! guerriers, en selle,
Dit le roi plein de feu ;
Radégonde, la belle,
Est au pouvoir de Dieu ;
Retournons en arrière.
Radégonde à genoux
Répandra sa prière
Pour Clotaire et pour vous. »

SAINT HENRI

Sanctitate quam sceptro clarior.
Il fut plus illustre par sa sainteté que
par sa puissance royale.
(*Légende du Bréviaire.*)

La ville était coupable... Elle avait de sang-froid
Refusé d'obéir à son prince, à son roi.
Ses citoyens nombreux, réunis en cohortes,
Avaient levé les ponts, barricadé les portes...
Comme un aigle puissant, d'un vol audacieux,
Fond du sommet des rocs, la foudre dans les yeux,
Sur l'ennemi là-bas qui passe dans la plaine,
Saint Henri, l'empereur, s'élance hors d'haleine,
Arrive sur la ville et monte à ses remparts,
Y plante triomphant ses riches étendards.
Puis, d'un juste courroux l'âme tout embrasée :
« La cité dès demain, dit-il, sera rasée.
Rien de ses fiers remparts ne restera debout,
Je dois être sévère et j'irai jusqu'au bout;
De la sédition je veux tarir la sève.
Hommes, femmes, enfants, sous le tranchant du glaive
Tomberont sans merci... »
                De toute la cité
S'élèvent des sanglots... L'empereur irrité
Reste sourd, inflexible aux larmes de la foule.
Le lendemain, dès l'aube, alors que se déroule
Sur les prés et les bois et sur le front des fleurs
L'écharpe de l'aurore aux riantes couleurs,
En ce moment de paix, de calme et de mystère,
Où tout prend un sourire, au ciel et sur la terre,
Du seuil de la cité, qui s'éveille au levant,
Une foule sortit... et bannières au vent,

De tout petits enfants les mignonnes phalanges,
Mains jointes, tête nue, à la façon des anges,
Marchent en longue file en priant de tout cœur
Vers l'endroit où dormait le puissant empereur.
En tête des enfants un vieux moine ascétique
Portait dans une main une sainte relique,
Et de l'autre élevait sa pauvre croix de bois.
On entendit soudain s'échapper à la fois
De l'âme des enfants et glisser sur la brise
Cette hymne du pardon, ce doux chant de l'Église :
Christe eleison ! Kyrie, Kyrie !
L'empereur sous sa tente alors se réveillait.
Il écoute un instant ces voix pleines d'alarmes ;
Son cœur s'émeut, ses yeux roulent de grosses larmes.
Il sort, et le vieux moine, au visage maigri,
Lui dit ces quatre mots : « Grand empereur Henri,
Regarde cette croix, souviens-toi qu'au calvaire,
Le pardon descendit par elle sur la terre ;
C'est vrai, je vois flotter tes drapeaux triomphants,
Mais ton Dieu, c'est le Christ !... » Et les petits enfants
Faisaient toujours monter, dans leurs voix argentines,
De leur cantique saint les syllabes latines :
Christe eleison ! Kyrie, Kyrie !...
La foule à deux genoux tout entière priait...

. . . .

« Allons ! quel est le mot que ta bouche nous donne,
Dit le moine au monarque. — Eh bien ! je leur pardonne ! »

SAINT WALTHÈNE

Accede ad me et da mihi osculum.
Viens vers moi et donne-moi un baiser.
(*Genèse*, ch. XXVII, v. 26.)

Il faisait froid, très froid, au pays d'Angleterre ;
Jamais on n'avait vu que sous Egbert, le roi,
Hiver plus rigoureux ; la neige, sur la terre,
Resta deux mois entiers... Il faisait froid, très froid.

C'était pendant la nuit du vingt-quatre décembre;
Dans un vallon désert, bien célèbre aujourd'hui,
Un joyeux carillon soudain se fit entendre,
Au clocher d'un hameau. C'était pendant la nuit.

D'un éclat solennel les vieux vitraux gothiques
Brillaient au temple saint : on célébrait Noël.
De temps en temps passaient des ombres fantastiques
Au milieu des rayons d'un éclat solennel.

La messe commençait... Avec ses nappes blanches
Et ses parures d'or, l'autel disparaissait
Sous les houx apportés avec leurs vertes branches;
Tous les cierges brûlaient. La messe commençait.

Saint Walthène à l'autel, modeste comme un ange,
Avait sur son beau front comme un rayon du ciel.
Vers Dieu de tous les cœurs jaillissait la louange,
Quand on voyait ainsi saint Walthène à l'autel.

L'instant mystérieux où dans la blanche hostie
Jésus, pour nous sauver, veut descendre des cieux,
Était déjà venu... La foule recueillie
Attendait, front baissé, l'instant mystérieux.

Walthène triomphant avait dit la parole
Qui commande au Seigneur. Dans l'hostie, un enfant
Merveilleusement beau, paré d'une auréole,
Fixait de ses yeux bleus Walthène triomphant.

C'est le petit Jésus, avec son doux sourire,
Les anges sont autour... Les assistants émus
Avaient levé leur front et ne faisaient que dire :
Regardez! regardez! C'est le petit Jésus.

L'Enfant-Dieu se baissa, tout rayonnant de charmes,
Toucha Walthène au front, ensuite il l'embrassa.
Le saint prêtre pleurait... Pour essuyer ses larmes,
Et pour le caresser, l'Enfant-Dieu se baissa.

« Non, non, petit Jésus! pas de faveur insigne
Pour moi, pauvre pécheur, mais sur vos beaux pieds nus
Que je mette mon front, car je ne suis pas digne
De vos divins baisers... Non, non, petit Jésus! »

Et Jésus l'embrassait avec mille caresses...
La foule à deux genoux priait et bénissait,
Demandant au Seigneur ses plus vives tendresses
Pour le pontife saint... Et Jésus l'embrassait.

Aux yeux des assistants, inondés de lumière,
L'Enfant-Dieu disparut... Les anges éclatants,
Après avoir béni cette foule en prière,
Prirent leur vol au ciel, aux yeux des assistants.

Mais Walthène pleurait... Le cœur plein d'allégresse,
Tout le peuple assemblé, dans le temple adorait...
O Dieu, le beau Noël! Quelle splendide messe!
On avait vu Jésus... Mais Walthène pleurait...

SAINT FRANÇOIS D'ASSISE

Promisit se nemini unquam poscenti eleemosynam negaturam.
Il promit de ne jamais refuser quelque chose à celui qui le lui demanderait.

(Légende du Bréviaire.)

Au temps de saint François, il était, dans l'Ombrie,
Un loup fort et puissant qui semait la terreur;
Partout il exerçait sa rage et sa furie...
On n'osait plus sortir... Tout le monde avait peur.

Il hantait les forêts et les sombres asiles;
Et personne n'osait, de là, le débusquer;
Il parcourait parfois et les bourgs et les villes,
Ne craignant pas l'attaque, il venait attaquer.

Jamais on n'avait vu de loup de cette taille :
Ses yeux teintés de sang flamboyaient dans la nuit...
Les molosses craignaient de lui livrer bataille,
Et dès qu'il paraissait, ils fuyaient devant lui.

La gueule grande ouverte et la langue pendante,
Il passait comme un trait... et ses sourds aboîments
Faisaient naître un frisson dans toute âme vivante...
Et le monstre courait à ses égorgements.

Hommes, femmes, enfants, s'enfermaient à cette heure;
Aux pieds de la Madone, ils tombaient à genoux :
« Vraiment! nous n'osons plus quitter notre demeure,
O Vierge, disaient-ils, ayez pitié de nous! »

Or, un jour, saint François vint visiter la ville
Du nom de Gubbio... C'était comme un désert,

Tout le monde avait fui... Lui seul était tranquille :
L'homme saint ne craint rien, son cœur est toujours fier.

« Pourquoi, dit saint François, pourquoi cette épouvante ?
Dites vos deuils à Dieu : lui peut bien les finir... »
Mais on n'écoute rien... La peur est trop puissante :
« Entrez, entrez, dit-on, le monstre va venir !

— Non, non, reprit François, je veux aller moi-même
Au-devant de ce loup, avec Dieu pour appui ;
Je vaincrai sa colère et sa fureur extrême...
Ma simple croix de bois est plus forte que lui. »

Et le bon saint partit... C'était de la démence,
On ne voulait point croire à son pouvoir sacré.
« C'est courir à la mort ! Vrai Dieu, quelle imprudence !
Disait-on : sûrement il sera dévoré. »

Quelques heures après, sur la place publique,
Aux regards étonnés saint François arrivait,
Le front resplendissant d'un rayon séraphique...
Le loup, comme un agneau, doucement le suivait.

Mais on tremblait encor... « Bannissez l'épouvante,
Le loup n'est plus méchant ; voyez comme il est doux ! »
Dit François en passant une main caressante
Sur le front abaissé du monstre à ses genoux.

Le courage revint... Tous, avec assurance,
Regardaient ce grand loup si cruel autrefois.
Et les petits enfants, voyant son impuissance,
Le menaçaient, de loin, de leurs tout petits doigts.

Devant tous, saint François prit alors la parole :
« De mon frère le loup devenez les amis ;
Non, jamais désormais (que chacun se console !)
Il ne fera de mal, car il me l'a promis.

« N'est-ce pas, frère loup ? » Et la terrible bête,
En entendant ces mots, porta ses deux grands yeux
Sur le bon saint François, puis inclina la tête...
Et la foule admirait ce fait prodigieux.

« Mais je veux, dit François, que tout le monde apporte,
Pour nourrir frère loup, ce qu'il faut chaque jour.
Lui-même, dans la ville, ira de porte en porte...
Le voulez-vous ainsi ?... C'est la paix sans retour. »

Et tous les habitants, transportés d'allégresse,
Admiraient la puissance et la bonté du saint.
« Oui, François, à vos pieds nous faisons la promesse
De bien soigner le loup... Il n'aura jamais faim. »

« Et toi, mon frère loup, devant cette assistance,
Dit François, si tu veux consentir au traité,
Mets ta patte en ma main en signe d'alliance,
Et l'on croira toujours à ta fidélité. »

Le loup, obéissant, mit sa patte velue
Dans la main de François. Depuis cette heure-là
On n'eut plus de frayeur, la paix était conclue,
Et jamais, non, jamais, le loup ne la troubla.

Les habitants, sauvés, pleins de reconnaissance,
Baisèrent de François le pauvre vêtement...
Mais lui, chantant de Dieu la douce providence,
Partit sans le repos d'une heure seulement.

SAINT ANTOINE DE PADOUE

Hæreticorum malleus vocatus est.
On l'appelle le marteau des hérétiques.
(Légende du Bréviaire.)

I

C'était en l'an douze cent trente ;
Toulouse était aux Albigeois...
L'erreur paraissait triomphante ;
C'était en l'an douze cent trente ;
Toulouse n'était plus vaillante,
Pour servir Dieu comme autrefois.
C'était en l'an douze cent trente ;
Toulouse était aux Albigeois.

II

Ils étaient pourtant catholiques,
Ses troubadours, ses ménestrels,
Dans leurs sonnets, dans leurs cantiques.
Ils étaient pourtant catholiques,
Le soir, près des foyers antiques,
Quand ils chantaient dans les castels.
Ils étaient pourtant catholiques ;
Ses troubadours, ses ménestrels.

III

La vieille foi s'en est allée,
Sans elle il n'est plus de bonheur.
Chaque famille est désolée,
La vieille foi s'en est allée,
Le cœur est dur, l'âme est troublée,

Partout la guerre et son horreur.
La vieille foi s'en est allée,
Sans elle il n'est plus de bonheur.

IV

Quand on déchire l'Évangile,
On chasse Dieu de son pays.
Tout est maudit, tout est stérile,
Quand on déchire l'Évangile.
Le plus puissant devient débile,
Et les plus grands sont bien petits.
Quand on déchire l'Évangile,
On chasse Dieu de son pays.

V

Mais le Christ aimait notre France,
Qui fut toujours son bon soldat ;
Elle était alors en souffrance,
Mais le Christ aimait notre France.
Lui-même vint, dans sa clémence,
Pour la sauver dans ce combat ;
Car le Christ aimait notre France,
Qui fut toujours son bon soldat.

VI

Il suscita saint Dominique,
Et fit paraître de Montfort.
Pour vaincre la secte hérétique,
Il suscita saint Dominique.
L'un, c'était l'agneau pacifique ;
L'autre, un lion puissant et fort.
Il suscita saint Dominique
Et fit paraître de Montfort.

VII

Dominique prie et relève
Les cœurs tombés sur le chemin ;
Montfort, lui, fait briller le glaive.

Dominique prie et relève,
Tandis que, sans repos ni trève,
De sang Montfort rougit sa main.
Dominique prie et relève
Les cœurs tombés sur le chemin.

VIII

La lutte fut longue et cruelle,
Mais le dragon fut mis à mort ;
Le feu sortait de sa prunelle,
La lutte fut longue et cruelle.
Mais à Muret, dans sa chapelle,
Dominique priait encor.
La lutte fut longue et cruelle,
Mais le dragon fut mis à mort.

IX

Le monstre gisait dans la boue,
Mais il râlait encore un peu.
Pour l'achever, qui se dévoue ?
Le monstre gisait dans la boue.
Survint Antoine de Padoue,
Obéissant au doigt de Dieu.
Le monstre gisait dans la boue,
Mais il râlait encore un peu.

X

Or, un jour, Antoine, à Toulouse,
Devant le peuple est à l'autel.
La secte est là qui le jalouse...
Or, un jour, Antoine, à Toulouse,
Dit que le Christ a pour épouse
L'âme qui croit au pain du ciel.
Or, un jour, Antoine, à Toulouse,
Devant le peuple est à l'autel.

XI

« Donne, dit-il, ta foi, mon frère ;
C'est lui, le Christ, non plus le pain.
Courbe ton front... C'est un mystère,

Donne ta foi, chrétien, mon frère ;
Rien n'est plus vrai sur cette terre :
Ce que tu vois là, dans ma main.
Donne ta foi, chrétien, mon frère,
C'est lui, le Christ, non plus le pain. »

XII

Le peuple adorait en silence
Quand, soudain, s'élève une voix
Qui met le trouble en l'assistance.
Le peuple adorait en silence...
On niait la sainte présence...
C'était un chef des Albigeois.
Le peuple adorait en silence
Quand, soudain, s'élève une voix.

XIII

« Je ne crois pas à cet oracle,
Ici, pour moi, rien n'est sacré.
Non, Dieu n'est pas au tabernacle !
Je ne crois pas à cet oracle ;
Si l'on me montre un vrai miracle,
A deux genoux j'adorerai.
Je ne crois pas à cet oracle ;
Ici, pour moi, rien n'est sacré. »

XIV

Antoine, alors, prit la parole ;
A son front brillait la vertu
Qui lui faisait une auréole.
Antoine, alors, prit la parole.
« Pour accepter notre symbole,
Dit-il, quel miracle veux-tu ? »
Antoine, alors, prit la parole ;
A son front brillait la vertu.

XV

« Voici, répondit l'incrédule,
Ce que je veux ; écoute-moi :
Je possède une blanche mule ;

Voici, répondit l'incrédule :
Je veux (chose très ridicule)
Qu'elle se courbe devant toi.
Voici, répondit l'incrédule,
Ce que je veux : écoute-moi.

XVI

« Là-bas, sur la place publique,
Après trois jours, et sur le soir,
Iront Albigeois, catholique,
Là-bas, sur la place publique.
Quittant du temple le portique,
Tu viendras avec l'ostensoir,
Là-bas, sur la place publique,
Après trois jours, et sur le soir.

XVII

« Mets cette clause encore, ô moine ;
Moi, je la veux absolument :
J'écarterai foin, paille, avoine ;
Mets cette clause encore, ô moine.
— Je le veux, répondit Antoine.
— Bien ! dit l'autre sournoisement.
Mets cette clause encore, ô moine ;
Moi, je la veux absolument.

XVIII

« Si ma mule, sans nulle envie
De l'avoine que j'offrirai,
S'agenouille devant l'hostie ;
Si ma mule n'a nulle envie
De sustenter sa propre vie,
Alors moi-même je croirai,
Si ma mule n'a nulle envie
De l'avoine que j'offrirai.

XIX

— J'accepte avec grande assurance,
Dit le saint, ce que tu voudras ;
Car Dieu montrera sa puissance.

J'accepte avec grande assurance
De tenter cette expérience,
Dont toi, bientôt, tu rougiras.
J'accepte avec grande assurance,
Dit le saint, ce que tu voudras. »

XX

Antoine fait un jeûne austère ;
Pendant trois jours seul il prira,
Portant le cilice et la haire.
Antoine fait un jeûne austère,
Dans sa demeure solitaire ;
Mais Dieu le récompensera.
Antoine fait un jeûne austère,
Pendant trois jours seul il prira.

XXI

Mais enfin l'heure est arrivée :
Sur la place la foule attend ;
La mule est là, tête levée ;
Mais enfin l'heure est arrivée.
L'ardeur sans cesse est ravivée
Au moindre bruit que l'on entend.
Mais enfin l'heure est arrivée,
Sur la place la foule attend.

XXII

« Le moine a peur de l'entreprise,
S'exclame-t-on de tout côté ;
Sa doctrine est bien mal assise ;
Le moine a peur de l'entreprise.
Que fait-il donc, dans son église,
S'il croit avoir la vérité ?
Le moine a peur de l'entreprise »,
S'exclame-t-on de tout côté.

XXIII

Soudain, le temple ouvre sa porte :
On voit paraître l'ostensoir...
C'est saint Antoine qui le porte ;

Soudain, le temple ouvre sa porte.
Des enfants forment son escorte,
Ayant chacun un encensoir.
Soudain, le temple ouvre sa porte :
On voit paraître l'ostensoir...

XXIV

Le saint sur la place s'avance...
Les regards sur lui sont fixés,
La foule entière fait silence.
Le saint sur la place s'avance,
Le front brillant de confiance,
Les yeux modestement baissés.
Le saint sur la place s'avance,
Les regards sur lui sont fixés.

XXV

A la blanche mule il s'adresse :
« Viens, dit-il, adorer ton Roi !
Viens reconnaître ta bassesse. »
A la blanche mule il s'adresse :
« Je te commande et je te presse,
Viens ! à ses pieds incline-toi ! »
A la blanche mule il s'adresse :
« Viens, dit-il, adorer ton Roi ! »

XXVI

Son maître accourt au-devant d'elle
Avec de l'orge qu'il criblait.
La mule va toujours fidèle...
Son maître accourt au-devant d'elle ;
Sans souci de l'orge nouvelle,
Vers l'ostensoir la mule allait.
Son maître accourt au-devant d'elle,
Avec de l'orge qu'il criblait.

XXVII

Elle arriva devant l'hostie,
Très humblement s'agenouilla.
Aux yeux de la foule ravie,

Elle arriva devant l'hostie,
Baissa sa tête recueillie...
On entonna l'*Alleluia !*
Elle arriva devant l'hostie,
Très humblement s'agenouilla.

XXVIII

Son maître alors vint de lui-même
Courber le front, et dit : « Je crois ! »
Pour louer la bonté suprême,
Son maître alors vint de lui-même :
« Pardon, mon Dieu, de mon blasphème !
Dit-il : je reconnais vos droits ! »
Son maître alors vint de lui-même
Courber le front, et dit : « Je crois ! »

XXIX

Antoine avait au front la gloire,
Et le peuple l'applaudissait...
Les fidèles criaient : Victoire !
Antoine avait au front la gloire.
Toulouse en gardera mémoire,
Car le grand saint la bénissait.
Antoine avait au front la gloire,
Et le peuple l'applaudissait...

XXX

L'erreur qui gisait dans la boue,
A cette heure ne râle plus...
L'Église a broyé sous sa proue
L'erreur qui gisait dans la boue.
Qu'il vive, Antoine de Padoue !
Dans l'ostensoir, gloire à Jésus !
L'erreur qui gisait dans la boue,
A cette heure ne râle plus...

SAINT EDMOND DE CANTORBÉRY

Erat autem scriptum : Jesus Nazarenus.
Ces mots étaient écrits : Jésus de Nazareth.
(*S. Jean*, ch. XIX, v. 19.)

Edmond! Edmond! Edmond! Tel était le grand cri
Que de petits enfants, un siècle après l'an mille,
Faisaient entendre un jour, près de Cantorbéry.
A celui qui plus tard, de cette illustre ville,
Devait être archevèque... O Dieu! que ces lutins
S'amusaient donc! laissant flotter leur chevelure,
A travers la forêt de hêtres ou de pins,
Se hélant, se cachant sous la sombre ramure!
Mais où donc était-il, cet Edmond si cherché?
Des ombres des buissons on levait tous les voiles.
« Au haut d'un pin, dit l'un, il se sera perché;
Il aura pris de là son vol vers les étoiles... »
Non, Edmond est là-bas, tout seul, à deux genoux,
Mains jointes, front baissé, dans un coin de prairie.
Il s'est, petits joueurs, éloigné de vous tous :
Car il veut être seul... Voyez-le comme il prie!

. . . .

Aux yeux d'Edmond soudain se présente, front nu,
Tout habillé de blanc, aux lèvres le sourire,
Un beau petit enfant, un enfant inconnu,
Qui vint à ses côtés et se mit à lui dire :
« Bonjour! Edmond, bonjour! Moi, je suis ton ami !
Que le Maître du ciel te prenne sous sa garde !
— Bonjour, reprit Edmond, d'un ton mal affermi;
Bonjour, ô bel enfant!... » Puis, surpris, il regarde...
« Ignores-tu mon nom? dit, en faisant un pas,

Le petit enfant blanc. Et pourtant, moi, je t'aime !
— Oh ! répondit Edmond, je ne te connais pas,
Mais de savoir ton nom, j'aurais bonheur suprême.
— Regarde, cher enfant, tiens, voici mon secret... »
De l'enfant inconnu le front soudain s'éclaire
Et porte ces deux mots : Jésus de Nazareth !
Edmond cria : « C'est toi, Jésus, mon petit frère ! »

. . . .

Les deux enfants alors, dans un baiser brûlant,
Unirent leur tendresse... Et bientôt vers la nue
Edmond vit remonter le petit enfant blanc...
Et lui resta longtemps à prier, tête nue.

LE B. HERMANN, CHANOINE RÉGULIER

Abscondisti hæc a sapientibus et prudentibus, et revelasti ea parvulis.

Vous avez caché ces choses aux sages et aux prudents, et vous les avez révélées aux petits enfants.

(*S. Matth.*, ch. XI, v. 25.)

Le tout petit Herman s'en allait à l'école,
Petits cheveux au vent, pas alerte et joyeux ;
L'innocence à son front mettait une auréole
Et faisait rayonner la grâce dans ses yeux.

Il n'avait pas cinq ans... Passant devant l'église,
Au portail gigantesque, aux vieux granits moussus,
L'enfant blond voulut voir l'autel en pierre grise,
Pour saluer la Vierge et son Enfant Jésus.

« Je ne puis rien offrir, ô Jésus tout aimable,
Dit Herman à genoux, mais je vais réciter
Ma leçon du matin : une gentille fable,
Si votre mère et vous, vous daignez m'écouter. »

.   .   .   .
.   .   .   .

Il était une fois, au pays d'Allemagne,
Là-bas, près de Füssen, au pied d'une montagne,
  Un petit morceau de garçon,
   Ludolf était son nom.
  Était-il méchant ? Oh ! non.
Quelquefois cependant, et pour bien peu de chose,
On avait petit front ténébreux et morose.
C'était à pardonner : ça n'avait que quatre ans.
A si petit moineau va-t-on perdre son temps ?
   Contre une mouche
   Serait-on farouche ?

On lui passait donc tout, et tout on lui donnait.
Un jour, on lui fit don d'un beau petit minet,
Bien propret, bien mignon, beau poil et douce patte.
           Pour sa petite chatte
Ludolf voulut un nom, mais un nom bien trouvé,
              Pimpant et relevé ;
              Il l'appela Fanchette.
Fanchette, soit ! dit-on. Ce fut un jour de fête.
Ludolf donc et Fanchette, auprès du feu causaient,
           Jouaient, couraient, dansaient.
              Ludolf, que rien n'arrête,
              Ludolf prenait Fanchette
              A la queue, à la tête ;
              A la petite bête
                 Faisait toujours
                 Cent vilains tours.
Fanchette se plaignit... — Allons, Mademoiselle,
Dit Ludolf, taisez-vous ; ne soyez pas rebelle !
Vous n'êtes pas gentil, ô petit animal.
— Mais pourquoi donc, Ludolf, me faites-vous du mal ?
              Dit, en pleurant, Fanchette.
— Chut ! répondit Ludolf ; ce soir, pour vous punir,
Vous boirez votre lait, mais vous n'aurez d'assiette ;
           Voyez-vous, il faut obéir.
— Vous-même obéissez, dit Fanchette en colère ;
Car vous n'observez point ce qu'a dit votre mère :
           L'obéissance est un trésor ;
On vous a défendu déjà cent fois peut-être
De me tirer la queue... Obéissez, mon maître :
Je serai sage aussi, si vous l'êtes d'abord.
. . . .

Puis le gentil Herman, sur Jésus et sa Mère,
Humblement arrêta son regard un instant.
« J'ai désiré, dit-il, Jésus, vous satisfaire ;
Heureux sera mon cœur, si vous êtes content. »
L'Enfant Dieu prononça cette douce parole :
« Oui, petit frère Herman, je suis content de toi. »
Et l'écolier partit promptement à l'école,
Le front rayonnant d'aise et plus heureux qu'un roi.

OFFRANDE DU B. HERMANN

Non privabit bonis eos qui ambu-
lant in innocentia.
Dieu accordera ses dons à ceux
qui marchent dans l'innocence.
(*Psaume* 83, v. 13.)

L'innocence est puissante.... Elle a sauvé la terre
    Sur le Calvaire, un jour ;
Et seule, en effaçant la haine et la colère,
    Elle a produit l'amour.
Et comme Jésus-Christ, dans ses divins oracles,
    Voulut le définir :
L'innocence toujours sèmera les miracles
    Aux yeux de l'avenir.
De cette vérité voulez-vous un exemple ?
    Un petit écolier
A Cologne, là-bas, entrant un jour au temple,
    Alla droit au pilier
Qui portait une Vierge antique et renommée
    Avec son Enfant-Dieu.
Le Jésus regardait sa mère bien-aimée
    Et souriait un peu.
Et la Vierge laissait glisser de sa paupière
    Un regard consolant.
Le sculpteur avait mis son âme tout entière
    Dans ce beau marbre blanc.
Le petit écolier, mains jointes, tête nue
    (Herman il s'appelait),
Se mit à deux genoux, et, les yeux vers la nue,
    Il dit son chapelet.

Puis, arrêtant soudain sa prière innocente,
   Herman, un peu confus,
« Je voudrais bien, dit-il, ô Vierge très aimante,
   Et vous, petit Jésus,
Comme preuve d'amour, vous offrir quelque chose,
   Mais je n'ai pas de bien ;
Je suis comme l'oiseau qui joue avec la rose,
   Je ne possède rien.
Je crois avoir pourtant, dans mon humble corbeille,
   Qui repose là-bas,
Un fruit de mon verger, une pomme vermeille....
   C'était pour mon repas.
Dites, la voulez-vous ?.... Je cours et je l'apporte.... »
   Et cet ange si pur
S'en alla promptement là-bas, près de la porte,
   Chercher le beau fruit mûr.
« La voici ! la voici ! voyez comme elle est belle !
   Criait l'enfant joyeux ;
O beau petit Jésus, ô Vierge très fidèle,
   Je vous l'offre à tous deux !
On la croirait encor suspendue à sa branche,
   En voyant sa couleur.
Allons ! Vierge, prenez ma pomme rouge et blanche ;
   Prenez, petit Sauveur ! »
L'enfant voulut gravir le pilier comme un arbre ;
   Mais voici que soudain
Jésus baissa les yeux, et la Vierge de marbre
   Tendit sa douce main.
Elle accepta la pomme avec un beau sourire ;
   L'Enfant-Jésus aussi.
Puis, au petit Herman, chacun se mit à dire :
   « Herman, viens jusqu'ici. »
Et, sans savoir comment, Herman, près de Marie,
   Là-haut était monté.
Il avait (croyez-moi, ce n'était rêverie)
   Jésus à son côté.
Et Jésus et la Vierge, avec mille tendresses,
   Prodiguaient tour à tour
Au petit écolier les plus vives caresses

14

Et les baisers d'amour.
« Aime-nous, disaient-ils, garde notre parole,
Tu reviendras demain.... »
Puis Herman toucha terre.... il partit à l'école ;
Ce jour il n'eut pas faim.

SAINTE ANGÈLE DE FOLIGNO

Christo confixus sum cruci.
Je suis attaché sur la croix avec le
Christ.
                    (*Épitre aux Galates*, ch. II, v. 19.)

Un soir que sainte Angèle était agenouillée
Aux pieds du crucifix, le cœur plein de douleur,
De ses pleurs abondants la terre était mouillée,
Mais ces mots enflammés montaient vers le Sauveur :

« O Jésus, je le sais, sur la croix du Calvaire,
Au milieu des affronts, si tu voulus mourir,
C'était pour effacer le péché de la terre,
Et mettre au cœur humain l'élan du repentir.

« Si ta tête, ô Jésus, sur la croix inclinée
Est couverte de sang, ô mon souverain Roi,
Si je la vois, hélas ! d'épines couronnée,
Mes péchés ont tout fait.... Jésus, pardonne-moi !

« Oui, c'est moi, je le sais ; c'est moi qui suis coupable ;
Je t'ai donné souvent de bien lâches soufflets ;
Quand les fouets tombaient sur ton corps adorable,
C'est ma main qui frappait par la main des valets.

« C'est ma voix qui criait : Il faut, il faut qu'il meure !
Et quand des durs bourreaux les efforts déployés
T'attachaient à la croix, ô Jésus, à cette heure,
C'est mon bras qui clouait et tes mains et tes pieds.

« O Jésus, quand je vois ton sublime visage,
Crispé par la douleur et pardonnant encor,

Je pousse en sanglotant ce cri : C'est mon ouvrage !
Oui, c'est ma faute, à moi, si mon Jésus est mort.

« C'est par moi que ton sang fut versé goutte à goutte,
Je le sais.... Mais Jésus, puisqu'il en est ainsi,
Tu me vois à tes pieds ; ô mon Jésus, écoute
Le serment solennel que je te fais ici.

« Ah ! désormais tu peux m'envoyer la tristesse,
La crainte, les ennuis et le sombre dégoût :
Quel que soit, ô Jésus, le fardeau qui m'oppresse,
Je te promets, mon Dieu.... je supporterai tout.

« Donne-moi, si tu veux, donne-moi la souffrance,
Dans ce calice mets le vinaigre et le fiel ;
En te voyant, Jésus, j'aurai de la vaillance....
A force de souffrir, je veux gagner le ciel.

« Je demande, ô mon Dieu, je recherche l'outrage...
Je t'abandonne tout : honneur, santé, plaisir...
Qu'ils viennent, les bourreaux, me cracher au visage...
Ce n'est pas toi, Jésus, c'est moi qui dois souffrir. »

Puis, Angèle approchait sa lèvre palpitante
Des pieds du crucifix, et, le cœur plein de feu,
Elle disait encor : « Je veux être l'amante
De ta divine croix, toujours, toujours, mon Dieu ! »

Et Jésus, détachant sa sainte main blessée,
L'étendit un instant sur Angèle à genoux,
Lui disant : « Désormais, ton âme est fiancée
A l'homme des douleurs, et je suis ton époux... »

Puis Angèle souffrit....

                    Avec elle, au Calvaire,
Souffrons avec Jésus, notre époux immortel...
Portons avec amour notre croix sur la terre,
Si nous voulons qu'un jour la croix nous porte au ciel.

SAINTE CATHERINE DE BOLOGNE

Beati qui diligunt te.
Seigneur, bienheureux ceux qui
vous aiment.
(*Tobie*, ch. XIII, v. 18.)

« Demain, Noël ! Permettez-moi, ma Mère,
Je le demande humblement à genoux,
D'aller passer cette nuit salutaire
Au temple saint.
          — Ma fille, croyez-vous
Un si long temps, avec cette froidure,
Pouvoir rester dans le temple sacré ?
Vous êtes faible et la nuit sera dure...
— Jésus viendra... Mère, je le pourrai.
— Allez, ma fille. »
          Ainsi la mère Abbesse
Et Catherine, à voix basse, le soir,
S'entretenaient. Tressaillant d'allégresse,
La jeune Sœur au temple alla s'asseoir,
Devant la crèche où Jésus devait naître.
Pieusement, longtemps elle pria ;
Elle voulait, pour honorer son Maître,
Lui présenter mille *Ave Maria*.
Laissons parler la vierge Catherine
Tout simplement ; elle peut raconter
Comment Jésus, dans sa bonté divine,
Dans cette nuit, voulut la visiter.
« J'avais marqué six cents *Ave*, dit-elle ;
J'avais les yeux au tabernacle d'or,
Quand un rayon de la voûte éternelle
Vint à mon front... Mon cœur battait très fort...
En ce moment, je soulevai mon voile,

Je regardais de mes yeux tout émus,
Et je pensais à la splendide étoile
Qui conduisit les Mages à Jésus.
Le rayon blanc, comme celui d'un cierge,
Devint un trône... et bientôt j'aperçus
Au trône d'or la glorieuse Vierge,
Ayant aux bras son doux Enfant Jésus.
Puis, j'entendis les mille voix des anges,
Et de leurs luths les accords triomphants....
Jésus était enveloppé de langes,
Comme j'ai vu d'autres petits enfants....
Qu'il était beau, rayonnant de lumière,
Ce doux Enfant, ce tendre petit Roi !...
Folle d'amour, je fis cette prière :
Reine des cieux, Vierge, donne-le-moi !
Alors Marie, avec un doux sourire,
Jusque vers moi voulut bien s'abaisser ;
Puis, bellement elle daigna me dire :
« Je te le donne, et tu peux l'embrasser.
« Je te le donne à toi, ma Catherine,
« Car, je le sais, tu l'aimes comme moi... »
Et je reçus, sur ma pauvre poitrine,
Mon petit Dieu, sans trouble et sans émoi...
Je le pressais sur mon cœur, plein d'ivresse,
Je le baisais, il me baisait aussi...
Je t'aime, ô Dieu, répétais-je sans cesse,
Oh ! dans mes bras reste toujours ainsi !

.   .   .   .

Qui pourra donc ici-bas la comprendre,
La folle ardeur de ce moment sacré ?...

.   .   .   .

La Vierge enfin voulut me le reprendre ;
En lui rendant, oh ! comme j'ai pleuré !
Mais mon Jésus me dit cette parole :
« Petite sœur, attends encore un peu....
« Bientôt, bientôt (que ton cœur se console !)
« Ma Mère, au ciel, te remettra ton Dieu. »

.   .   .   .

Et nous aussi, demandons à la Mère
Du bon Jésus d'avoir l'Emmanuel....
Gardons-le bien dans nos cœurs sur la terre,
Pour le garder à jamais dans le ciel.

LA B. LUCIE DE NARNI

> *Dicito mihi ubi posuisti eum, et ego eum tollam.*
> Dites-moi où vous l'avez mis, et je l'emporterai.
>
> **(S. Jean, ch. xx, v. 15.)**

En Italie, au pied d'un mont sauvage,
Naissait un jour, dans un petit village
Nommé Narni, d'oliviers couronné,
Un enfant blond, au ciel prédestiné.
On l'appela Lucie ou bien Lucette,
Bien peu me chaut que ce soit ce nom-là
Ou celui-ci, car les noms que voilà
Ont tous les deux origine commune...
Bref, de l'enfant, et chacun et chacune
Joyeusement fêta le premier jour,
A la fillette alla faire sa cour.
De tous côtés, on en faisait louange :
Elle était belle autant qu'un petit ange :
Petits cheveux qui brillaient comme l'or,
Petit front pur où l'innocence dort,
Petite lèvre éclose en un sourire,
Et petits yeux où l'on voyait reluire
Du firmament toute la pureté...
L'enfant grandit... Or, dans un jour d'été,
Lucette avait alors cinq ans à peine,
Mais possédait sagesse d'une reine ;
Lucette, dis-je, alla, dès le matin,
Dans un vieux temple où de saint Augustin
On faisait fête... Entrant dans cette église,
Elle avisa l'autel en pierre grise,
Où se tenait la reine des élus,

Ayant près d'elle un bel Enfant Jésus.
A deux genoux, sur le pavé du temple,
L'enfant se met, et son âme contemple,
Pendant longtemps, son cher petit Sauveur...
Puis, tout à coup, sa naïve candeur
Fit de son cœur jaillir cette parole :
« Toi, dont la main ici-bas nous console,
Daigne écouter mon amour et mon vœu,
O bonne Vierge, oh ! donne-moi ton Dieu ;
Entre mes bras dépose-le sans crainte ;
Il sourira lorsque, sous mon étreinte,
Je lui dirai : Jésus, mon doux Sauveur,
Je vous chéris vraiment de tout mon cœur. »
Alors on vit, ô chose merveilleuse !
La Vierge Mère, aimable et gracieuse,
Qui détachait de son auguste flanc
Son doux Jésus, non plus en marbre blanc,
Mais bien vivant : un petit enfant rose,
Frais et mignon comme une fleur éclose.
Lucette avait le visage joyeux
Mais ne pouvait en croire ses deux yeux.
Et, se baissant, la blanche statuette
Plaça Jésus dans les bras de Lucette.
Qui pourrait dire, en ce divin moment,
Quel fut l'amour et le ravissement
De la fillette ? Alors, sur sa poitrine,
Qui palpitait d'une ivresse divine,
Elle serra son doux enfantelet,
Ce cher enfant qui tout haut l'appelait
Du nom de sœur... Rayonnant d'espérance,
Lucette fit sa belle révérence
A la Madone, en lui disant merci...
Et s'en alla... Mais, dans ce moment-ci,
Tous les élus célébraient la puissance
De cet amour et de cette innocence.
Les angelets venus du haut des cieux
Applaudissaient et la suivaient joyeux.
Quand on la vit, sur la place publique,
Avec l'enfant si beau, si magnifique,

On accourut pour prendre le poupon,
Car on craignait qu'il ne tombât. « Non ! non !
Cria Lucette.... Oh ! laissez-moi bien vite ! »
On la laissa... Lucette prit la fuite
Jusque chez elle, avec son doux fardeau.
Elle arriva, le mit dans son berceau,
Et près de lui s'agenouilla sur terre...
« Fille, d'où vient cet enfant ? dit sa mère.
— Il est à moi ; ne le réveillez pas ;
C'est sa maman qui l'a mis dans mes bras. »
Croyant l'enfant venu du voisinage,
On ne pressa Lucette davantage,
Qui répétait tout bas à son Jésus :
« Non, mes espoirs ne seront pas déçus ;
Votre maman ne peut être inquiète,
Restez, restez toujours avec Lucette !
Moi désormais serai votre maman,
Et nous serons heureux certainement. »
On demandait, on cherchait au village
D'où provenait un enfant de cet âge ;
Ce fut en vain ; mais on disait partout
Qu'au temple saint la Vierge était debout
Sans son Jésus... Pendant ce temps, Lucette
Et son poupon jouaient dans sa chambrette
A cache-cache, et quand cessait le jeu,
A deux genoux ils priaient le bon Dieu.
Cela dura (nul détail je ne passe)
Trois jours entiers, et, pendant cet espace,
Les deux enfants n'eurent miette de pain ;
Ils s'aimaient tant qu'ils n'avaient jamais faim.
Un jour, voyant sa Lucette endormie,
Le bon Jésus quitta sa douce amie,
Et la laissa reposant sous un arbre,
Puis redevint au temple enfant de marbre...
A son réveil, Lucette se troubla,
Car son Jésus ne se trouvait plus là.
Elle versa des larmes douloureuses
Et fit partout des recherches nombreuses
Sans aucun fruit. « Va le chercher là-bas,

Où tu l'as pris ; moi, je ne saurais pas
Te le trouver », lui dit sa bonne mère.
L'enfant partit, et sa course légère
La dirigea vers le temple sacré...
Quand elle vit son Jésus adoré
Près de la Vierge, elle eut un doux sourire ;
Puis, à genoux : « Jésus, je viens vous dire,
Cria l'enfant, je ne pleurerai plus,
Si près de moi vous revenez, Jésus ! »
Du doux Sauveur la bouche gracieuse
Le lui promit... Lucette fut joyeuse...

．　．　．　．　．　．　．　．　．　．　．　．
．　．　．　．　．　．　．　．　．　．　．　．

Elle grandit en forces, en beauté,
Bien plus encore acquit la sainteté,
Et sur son front, aujourd'hui, la couronne
Des saints au ciel superbement rayonne.
L'Église veut qu'on l'invoque à genoux...
Sainte Lucie, intercédez pour nous !

FLÈCHE D'OR

Lancea latus ejus aperuit.
Une lance entr'ouvrit son côté.
(*S. Jean*, ch. XVII, v. 34.)

Sous le poids de la Croix, Thérèse était brisée...
Son corps n'en pouvait plus, son cœur séchait d'ennui
Sous les affronts reçus... Elle était méprisée,
Seule, manquant de tout, sans espoir, sans appui...

Dans l'angoisse, pourtant, Thérèse resta forte
Et durement clouée au gibet de la Croix.
Elle disait à Dieu : « Ta Croix me réconforte ;
Ton heure va venir ! Je l'espère et j'y crois ! »

L'heure vint en effet... Et voici la parole
Que son Dieu tout-puissant lui fit entendre un jour :
« Thérèse, écoute bien, je frappe et je console ;
En donnant la douleur, je donne aussi l'amour. »

Alors un séraphin descendit auprès d'elle
Ravissant de beauté ; sur nul visage humain
Ne brillait sa splendeur ; rapide était son aile,
Un long dard acéré rayonnait dans sa main.

La pointe était de feu... Quel était ce mystère ?
Thérèse est à genoux ; l'ange, comme un vainqueur,
Regarde, en souriant, l'autre ange de la terre,
Et de sa flèche d'or lui transperce le cœur.

Il retire le trait... Thérèse est embrasée
D'un amour si divin, qu'on voit battre ses flancs ;
Sous l'étreinte d'un Dieu son âme est écrasée,
Et son cœur ne peut plus comprimer ses élans.

Et le beau séraphin, de sa main prompte et sûre,
Une seconde fois plonge sa flèche d'or...
Plus grande est la douleur, car aussi la blessure ;
Dans Thérèse l'amour est bien plus grand encor !

Comme un petit enfant qui descend dans la tombe,
Thérèse doucement se lamente et bénit ;
Et ses gémissements sont ceux de la colombe
Par le plomb du chasseur atteinte sur son nid.

C'est un soupir mêlé d'angoisses, d'allégresses,
D'ineffables plaisirs, d'indicibles douleurs ;
C'est l'amour de Jésus et toutes ses ivresses,
L'amour qui fait l'extase et fait couler les pleurs.

Thérèse alors comprit la secrète parole,
Que son Dieu tout-puissant lui fit entendre un jour :
« Thérèse, écoute bien : je frappe et je console ;
En donnant la douleur, je donne aussi l'amour. »

SAINTE THÉRÈSE

Tulit annulum de manu sua et dedit ei.
Il tira un anneau de son doigt et le lui
donna.

(*Genèse*, ch. XLI, v. 42.)

Dans le cloître béni de son cher monastère,
Sainte Thérèse, un jour que triste était son cœur,
Vit un petit enfant, à la marche légère,
  Et le regard plein de douceur.

Il était beau, l'enfant... et, sur sa bouche rose,
Un sourire passait, sourire ravissant ;
Il ressemblait au lis où l'abeille se pose,
  Ce tout mignon petit enfant.

Ses cheveux retombaient sur sa blanche tunique,
Encadrant son beau front de longues tresses d'or.
Ainsi l'on peint Jésus dans le vitrail gothique
  Avec les gloires du Thabor.

La droite de l'enfant tenait, sur un blanc voile,
Un anneau précieux, splendide diamant ;
Cela venait du ciel, et sans doute une étoile,
  Qu'il avait prise au firmament.

La sainte regardait... et, le cœur pâmé d'aise,
Elle dit à l'enfant de gloire revêtu :
« Enfant, quel est celui qui t'envoie à Thérèse ?
  Enfant, dis-moi, qui donc es-tu ?

— Je suis le Dieu, dit-il, de la céleste enceinte,
Le Jésus de Thérèse et le Roi des élus !
— Et moi, je suis alors, lui répondit la sainte,
  Je suis Thérèse de Jésus.

— Je t'aime, dit l'enfant, et tu seras ma reine,
Mon épouse et ma sœur... Réponds-moi, le veux-tu ?
Tu pleures maintenant !... T'ai-je fait de la peine ?
      Ton front, Thérèse, est abattu.

— Qu'entends-je ? ô Dieu du ciel ! ô Dieu de toute gloire !
Vous, Dieu ! moi, le néant ! Jésus, y pensez-vous ?
O Dieu, pardonnez-moi ! mais comment puis-je croire
      Que Jésus serait mon époux ?

— Je le veux, dit l'enfant. Que ta crainte s'apaise !
C'est moi qui te choisis pour ce sublime honneur !
Oui, je veux que tu sois désormais, ô Thérèse,
      La tendre épouse de mon cœur.

— Je le veux, répondit la sainte avec ivresse ;
Vous demandez mon cœur, Thérèse vous le doit... »
Et l'enfant lui donna sa plus douce caresse,
      En lui passant sa bague au doigt !

LA B. JEANNE RODRIGUEZ DE BURGOS

Flores apparuerunt.
Des fleurs apparurent.
(*Cantique*, ch. II, v. 12.)

I

Jeanne, cheveux au vent, les pieds dans la rosée,
Dès le matin,
Allait, venait, courait sous la feuille arrosée,
Comme un lutin.

II

Elle avait bien sept ans... La grâce à son visage,
Et la couleur
La faisaient resplendir, au milieu du feuillage,
Comme une fleur.

III

Elle en cueillait des fleurs, elle en cueillait des gerbes
De ci, de là,
Des œillets et des lis et des roses superbes...
Soudain : « Holà !

IV

Dit un bel enfant blond, qui parut auprès d'elle,
Je viens vers toi,
Je voudrais bien ces fleurs... Veux-tu, petite belle ?
Donne-les moi. »

V

Jeanne était toute rouge... oh! mais je vous l'assure
                    Du front au cou,
Car du petit garçon la mignonne figure
                    Plaisait beaucoup.

VI

« Tiens, dit-elle, petit, je ne sais, mais je t'aime
                    De tout mon cœur;
Accepte ce bouquet que j'ai cueilli moi-même
                    Pour mon Sauveur. »

VII

Il accepta les fleurs... puis glissa dans la nue
                    Cet enfant blond...
Et Jeanne n'en pensa, la petite ingénue,
                    Guère plus long.

VIII

Elle cueillit encor des fleurs blanches et roses
                    Au rameau vert:
Mais, hélas! n'en vit plus toutes fraîches écloses
                    Quand vint l'hiver;

IX

Elle pleurait un jour; de froid toute livide
                    Sa gente main,
Sous les frimas épais et sur le rosier vide,
                    Cherchait en vain.

X

Pas de fleurs pour Jésus... Vers la voûte azurée
                    Levant les yeux,
Jeanne vit un enfant, à la robe empourprée,
                    Venant des cieux.

XI

C'était l'enfant que Jeanne, à la saison des roses,
       Vit au bosquet :
Et le petit garçon avait dans ses mains roses
       Le beau bouquet.

XII

« Comment ! c'est toi ! dit Jeanne ; oh ! tu viens bien à l'heure,
       Car pour Jésus
De fleurs dans mon jardin, dans toute ma demeure,
       Je n'avais plus.

XIII

— Je garde alors ces fleurs, ma petite mignonne,
       Console-toi :
Celui que tous les jours de fleurs ta main couronne,
       Jésus, c'est moi. »

XIV

Jeanne ouvrait de grands yeux. « Écoute ma parole,
       Reprit Jésus :
Veux-tu, dans mon beau ciel, posséder l'auréole
       De mes élus ?

XV

« Eh bien ! de ton amour, aujourd'hui, je demande
       Et veux la fleur.
Jeanne, dès maintenant, et quand tu seras grande,
       A moi ton cœur. »

XVI

Jeanne, aux pieds de Jésus, se jeta sur la terre,
       A deux genoux :
« Prenez, prenez mon cœur, ô Jésus, ô mon frère,
       Il est à vous. »

. . . .

. . . .

XVII

Et Jeanne fut toujours une épouse fidèle
        Du divin Roi...
O Jeanne ! du ciel bleu, de la gloire éternelle,
        Protège-moi.

SAINT JOSEPH DE CALASANZ

Sinite pueros venire ad me.
Laissez venir à moi les petits enfants.
(*S. Luc*, ch. xviii, v. 16.)

Deux cents petits enfants, avec ardeur, sans bruit,
  Assis aux tables d'une école,
Travaillaient... C'était l'an seize cent quarante-huit,
  A Rome, aux pieds du Capitole.

Le soleil, envoyant ses chauds et doux rayons,
  Donnait la vie à toutes choses,
Et baignait de lumière et les visages blonds
  Et les petites lèvres roses.

Aux yeux des écoliers un grand christ est dressé
  Sur le mur blanc comme la neige ;
Les deux bras étendus et le front abaissé,
  Jésus de sa croix les protège.

Le maître, en attendant l'heure de la leçon,
  S'occupe aux soins de son ménage...
Allant de ci, de là, souriant, sans façon ;
  La sueur perle à son visage.

C'est un noble vieillard, aux épais cheveux blancs,
  Au front rayonnant de clémence ;
Son cœur, avec amour, depuis bien quarante ans,
  S'est consacré tout à l'enfance.

Pourtant c'est un docteur... La chose importe peu :
  Quand c'est le Seigneur qui commande,
On ne s'abaisse pas... Dans les œuvres de Dieu
  La plus petite est la plus grande.

Joseph de Calasanz est le nom du vieillard ;
    C'est un grand saint, un tendre père ;
Et quand il porte aux cieux son limpide regard,
    A deux genoux on le révère.

Tous les petits enfants ont relevé les yeux
    Car le saint vient d'entrer en classe.
Leur visage n'a plus autant de sérieux,
    Un doux sourire a pris sa place.

D'entendre le bon saint c'est un bien grand bonheur
    Pour les enfants, car sa parole
Sait prendre le chemin qui va tout droit au cœur
    Pour lui donner ce qui console.

Joseph, comme un bon père, au milieu de ses fils
    S'assied, l'allégresse au visage...
Son modeste escabeau fait face au crucifix ;
    Le saint contemple cette image...

« Voyons, mon petit Jean, dit-il à l'enfant blond
    Assis près de son escabelle,
Le Dieu fait chair pour nous, comment l'appelle-t-on ?
    — Père, c'est Jésus qu'on l'appelle.

— Bien. Dis-moi, maintenant, d'où vient-il ce Jésus,
    Et quelle est sa mère chérie ?
— Il descend du ciel bleu, c'est le Roi des élus,
    Et sa sainte mère est Marie.

— Devons-nous bien l'aimer, ce cher petit Sauveur ?
    — Oh ! oui, père, car il nous aime.
— Comment l'aimerons-nous ? — O Père, à grand plein cœur,
    Comme nous aimons Dieu lui-même ! »

Et saint Joseph alors, se mettant à genoux,
    Cria d'une voix attendrie :
« O mes petits enfants, Jésus, l'aimez-vous tous,
    L'aimerez-vous toute la vie ?... »

Et tous les écoliers répondirent : oui ! oui !
    A lui notre vive tendresse !

Oui, ce petit Jésus, nous l'aimons aujourd'hui,
    Et nous voulons l'aimer sans cesse. »

Le saint était heureux... Un rayon de soleil
    Aux écoliers, puis à leur père,
Fit voir soudainement Jésus rose et vermeil
    Dans les bras de sa douce mère.

La Vierge et son Jésus leur souriaient à tous.
    Mais comment peindre ce sourire?
Joseph et ses enfants, tombés à deux genoux,
    Pleuraient, mais ne savaient rien dire.

Jésus leva la main, et, les ayant bénis,
    Il disparut comme l'aurore...
Joseph aux écoliers cria : « Mes chers petits,
    Nous l'aimerons bien plus encore. »

SAINT JOSEPH DE COPERTINO

Faciebat prodigia et signa magna.
Il opérait des prodiges et de grandes choses.
(*Actes*, ch. vi, v. 8.)

Quand Jésus parcourait les plaines de Judée,
Il disait à la foule en regardant les cieux :
« Si vous voulez qu'au ciel votre âme soit guidée,
Imitez les enfants : soyez simples comme eux. »

Le saint que j'ai nommé comprit cette parole.
Dès son jeune âge il fut un lis de pureté ;
Il garda des enfants la touchante auréole,
La foi toute naïve et la simplicité.

Je ne veux en citer que cet exemple unique
Dont faiblement bientôt mes vers vous parleront.
Vous verrez que toujours Jésus fut magnifique
Pour ce saint qui portait l'innocence à son front.

Un jour qu'il allait voir les sœurs de Sainte-Claire,
Pour consoler son âme et parler du bon Dieu,
Le bon frère Joseph vit, dans ce monastère,
Qu'on était très fervent, mais qu'on chantait bien peu.

« Je vais vous envoyer, dit-il à Mère Abbesse,
Pour relever vos cœurs et les porter en haut,
Quelqu'un qui doit chanter au chœur, pendant la messe,
Un splendide choriste, un merveilleux oiseau. »

L'aimable saint partit, mais derrière les grilles
Toutes les bonnes sœurs riaient à qui mieux mieux :
« Vraiment ! frère Joseph, disaient ces saintes filles,
Va donner un oiseau qui descendra des cieux. »

Mais voici qu'en allant, un soir, dans leur chapelle,
Elles virent perché, sur l'appui d'un prie-Dieu,
Le bel oiseau promis... Il étendait son aile,
Pour se signer sans doute... Il était blanc et bleu.

Il se mit à chanter, sa voix était si claire,
Que les âmes étaient dans le ravissement.
On fit tout comme lui... Jamais, au monastère,
Les sœurs n'avaient chanté si magnifiquement.

Pendant cinq ans entiers, il occupa sa place,
Et toujours il était le premier dans le chœur.
Il chantait l'*Oremus*, les psaumes, la préface,
Toujours dévotement et toujours à plein cœur.

Mais un jour, ô tristesse ! une jeune novice
Au lieu d'avoir les yeux modestement baissés,
De s'abîmer en Dieu, de chanter son office,
Allonge un peu ses doigts, sous son voile glissés,

Et du petit oiseau tire la blanche queue.
Il fut fâché vraiment... La novice riait...
Mais entr'ouvrant soudain son aile toute bleue
Il prit son vol au ciel pendant le *Kyrie*.

L'oiseau ne revint pas. Le cœur plein de tristesse,
Les bonnes sœurs pleuraient... Dieu sait le châtiment
De la pauvre novice. Au nom de Mère Abbesse,
Huit jours de grand silence et de recueillement.

L'absence de l'oiseau faisait un trop grand vide,
On n'y pouvait tenir. Le chapitre assemblé
Décida d'envoyer une lettre rapide
Au bon frère Joseph... On était désolé.

Saint Joseph accourut. « Je m'explique l'absence
Du cher petit oiseau, dit-il aux bonnes sœurs;
Si personne envers lui n'eût commis une offense
Il serait encor là... Mais je vois vos douleurs,

« Je vois du repentir les consolantes flammes...
Je vais prier Jésus et l'oiseau reviendra...

Que l'allégresse encor descende dans vos âmes !
Mais désormais, je pense, on le respectera. »

On promit, on jura sur le saint Évangile.
Le bon frère Joseph riait de tout son cœur.
« L'esprit, dit-il, est prompt, et la chair bien fragile,
Mais si vous retombez, malheur ! trois fois malheur ! »

Et l'oiseau reparut, dans cette matinée...
Jamais au monastère on ne fut si joyeux.
Partout on put causer, et toute la journée
On eut bonheur dans l'âme et sourire en les yeux.

Le petit chantre avait bien plus de gentillesse
Qu'il n'en avait avant ; non seulement au chœur
Il assistait toujours, mais pour quelque caresse
Il allait sur les doigts de l'une ou l'autre sœur.

Il pénétrait parfois même dans les cellules :
Et cela n'avait rien, je crois, de criminel.
On le recevait donc sans crainte et sans scrupules,
Ce cher petit oiseau qui descendait du ciel.

Tout allait pour le mieux. Mais, pourrait-on le croire ?
Une des bonnes sœurs oublia son serment...
Non plus une novice, à ce que dit l'histoire,
Mais une vieille sœur... Écoutez un moment.

On l'appelait, je crois, la Mère Sainte-Agathe.
Un jour, au pauvre oiseau qui ne pensait à rien,
Par un fil elle attache un grelot à la patte...
Et l'oiseau fut froissé, comme on le pense bien.

Il partit à nouveau, dans la semaine sainte ;
Le deuil fit son entrée encore une autre fois
Dans l'âme de nos sœurs. En plus était la crainte,
Désormais l'indulgence avait perdu ses droits.

Saint Joseph en effet fit de sanglants reproches
Aux pauvres bonnes sœurs qui sanglotaient tout bas.
« Je vous l'avais donné, non pour sonner les cloches,
Dit-il, mais pour chanter. Il ne reviendra pas. »

Mais les sœurs pleuraient tant que le cœur si sensible
Du bon frère Joseph fut encore emporté...
L'oiseau reparut donc. Cette fois, sur la Bible
On ne fit point serment. L'oiseau fut respecté.

Avec l'oiseau chéri les sœurs de Sainte-Claire
Vécurent bien longtemps... On conserve un dessin
Des sœurs et de l'oiseau dans un antiphonaire,
Chantant : Frère Joseph, c'est un saint ! c'est un saint !

LA B. MARGUERITE-MARIE

Domine, tu scis quia amo te.
Seigneur, vous savez que je vous aime.
(*S. Jean*, ch. XXI, v. 17.)

Marguerite-Marie était à deux genoux,
Un soir, sous les arceaux de son humble chapelle...
Son front resplendissait aux rayons les plus doux
D'un vieux cierge jauni qui brûlait auprès d'elle.
Immobile et sans voix, Marguerite, à l'autel,
Attachait son regard où brillait une flamme...
A ce moment, sans doute, il lui venait du ciel
Quelque chose de Dieu qui saisissait son âme.
Le mystère planait dans le temple sacré ;
Les voûtes s'abaissaient dans le profond silence ;
D'un rayon fugitif faiblement éclairé,
Dans les ombres du soir, l'autel était immense.
De la vierge à genoux le front de plus en plus
Était pâle... C'était le moment de l'extase...
En contemplant ainsi l'épouse de Jésus,
On eût cru voir un lis dans l'albâtre d'un vase.
De ses lèvres, soudain, jaillirent des sanglots ;
On vit couler des pleurs sur son visage blême,
Et dans le temple saint on entendit ces mots :
« O mon Dieu, le crois-tu ? le crois-tu que je t'aime ?
Oui, je t'aime, Jésus ! Je t'aime sans retour !
Et pour toi ma tendresse est grande comme un fleuve...
Tiens, regarde, mon Dieu... de mon ardent amour,
De ma fidélité, Jésus, voici la preuve ! »

. . . .

Et Marguerite alors, d'amour n'en pouvant plus,
D'un geste mit à nu sa poitrine de vierge,

Et grava sur sa chair le nom de son Jésus,
Avec un fer chauffé sur la flamme du cierge...
Puis, regardant sa chair toute rouge de sang,
Et son cœur palpitant d'une ivresse suprême,
Marguerite cria : « Mon Jésus tout-puissant,
Maintenant, tu le sais... N'est-ce pas que je t'aime ?... »

SAINT ALPHONSE DE LIGUORI

Fiat voluntas tua.
Seigneur, que votre volonté soit faite.
(*S. Luc*, ch. xxii, v. 42.)

Sur quelques brins de paille, au fond d'une cellule
Étroite, obscure et triste, Alphonse est étendu...
C'est le soir ; le soleil, derrière un monticule,
Disparaît... Tout à l'heure un chant fut entendu,
Descendant des hauteurs... C'était un chant de gloire
Qu'un ange sur son luth, là-haut, laissait courir ;
On chantait dans le ciel, c'était une victoire :
          Un saint allait mourir.

On pleurait sur la terre, et, tout près de sa couche,
Les pieux fils d'Alphonse, écrasés de douleurs,
Étaient tous à genoux... Muette était leur bouche,
Mais leurs yeux, sur le sol, laissaient tomber des pleurs.
Les pauvres, les petits accablés de tristesse,
Sur la route criaient : « Qu'allons-nous devenir ?
Plus de soutien sur terre et le ciel nous délaisse :
          Le père va mourir ! »

Et lui, le saint, souffrait... Quatre-vingt-onze années
De leur poids écrasaient ses membres affaiblis.
Comme un antique chêne, aux grandes destinées,
Est abattu soudain sur le sol du taillis,
Ainsi le grand docteur, à la plume féconde,
Sur l'arène tombait ; et l'on voyait périr
Ce géant du Seigneur qui dominait le monde...
          Alphonse allait mourir.

Et lui, le saint, souffrait... vieux et paralytique,
Un souffle entrecoupé faisait battre ses flancs ;
Une plaie érodait sa poitrine ascétique

Et traçait, sur son sein, de longs sillons sanglants.
Il est aveugle et sourd... Chaque sens de cet homme,
Ici-bas désormais, ne sait plus que souffrir ;
De toutes les douleurs il a toute la somme,
      Il va bientôt mourir.

Et lui, le saint, souffrait... Les peines corporelles,
Pour ce soldat du Christ, sont encore trop peu.
Il faut, pour son grand cœur, des choses plus cruelles.
Ce n'est jamais assez quand on souffre pour Dieu !
La tristesse et l'ennui, de leurs pointes si vives,
Viennent percer son cœur jusqu'à l'anéantir.
Il aura comme Dieu son jardin des Olives...
      Puis il pourra mourir !

Et lui, le saint, souffrait... Mais un divin sourire
De sa lèvre brûlante errait vers le beau ciel,
Son cœur voyait déjà les anges sur leur lyre
Célébrer son entrée au séjour éternel...
Et son front en sueur brilla d'une auréole.
On entendit ces mots de sa bouche sortir :
« Mon Dieu, si vous voulez... J'attends votre parole...
      Est-il temps de mourir ? »

Et le cantique saint qui s'était fait entendre
Résonna de nouveau plus fort, plus enflammé.
Ceux qui se trouvaient là, des cieux virent descendre
Une douce lueur... Et l'air fut embaumé...
Puis, une voix cria : « J'apporte l'espérance,
L'hiver a disparu, le printemps va fleurir...
Viens !... »
    Alphonse obéit...
            Quand on sait la souffrance,
   Il est doux de mourir !

SAINT CAMILLE DE LELLIS

Misit illos sanare infirmos.
Il les envoya soigner et guérir les infirmes.
(*S. Luc*, ch. IX, v. 2.)

C'était un beau jeune homme et de noble origine ;
A l'âge de vingt ans il s'était fait soldat,
Il portait fièrement l'épée aiguë et fine ;
Il aimait les plaisirs, les jeux et le combat.

Cueillant à pleines mains le bonheur et les roses,
Il allait dans la vie avec un cœur joyeux ;
Ce que l'on doit chercher, pour lui, c'était les choses
Qui réjouissent l'âme et font plaisir aux yeux.

Mais un jour, une voix mystérieuse et forte
Fit entendre ces mots à son cœur agité :
L'homme a-t-il de l'honneur quand il vit de la sorte ?
Ambitions, plaisirs, tout n'est que vanité.

A ce sanglant reproche, alors ce fier jeune homme,
Honteux, baissa le front et réfléchit soudain ;
Il brisa son épée, et, sans tarder, de Rome
Là-bas vers l'horizon il prit le long chemin.

Voyez-le maintenant près du lit des malades :
Il est le serviteur des pauvres, des petits...
Ce n'est plus l'officier aux brillantes torsades,
Ce n'est plus cet amant des plaisirs de jadis.

Lui-même, de ses mains, il prépare la couche
Des idiots, des perclus ; il soigne les fiévreux.
Descendant des Lellis, lui, bravement il touche,
Comme son Dieu Jésus, le chancre des lépreux.

Il se met à leurs pieds et panse leurs ulcères ;
Pour vaincre entièrement la nature aux abois,
Plongeant dans l'héroïsme et ses profonds mystères,
Camille voit la plaie et la baise parfois.

Le soir, il prend les morts sur ses nobles épaules
Et les confie au sol que lui-même a creusé ;
Pendant quelques instants il priera sous les saules,
Puis reviendra joyeux, mais le corps épuisé.

Et cet homme de Dieu, pendant cinquante années,
Le sourire à la lèvre et la paix dans le cœur,
Aura cette besogne et ces rudes journées,
Sera des malheureux le grand consolateur.

Mais, au soir de sa vie, il aura cette ivresse
De voir le Christ en croix lui présenter sa main,
Pour lui donner au front une douce caresse
Et lui montrer du ciel le large et beau chemin.

LE B. PIERRE FOURIER

Deposuit potentes, exaltavit humiles.
Le Seigneur a renversé les puissants et
glorifié les humbles.

(*S. Luc*, ch. 1, v. 52.)

Le bon Père Fourier (c'est ainsi qu'on le nomme)
Est, de l'avis de tous, un grand saint, un grand homme.
Il n'abdiqua jamais aucun des droits de Dieu,
Secourut le petit et le pauvre en tout lieu.
Grâce à son zèle ardent, la terre de Lorraine
Pendant un siècle fut et libre et souveraine.
Les vertus dans son cœur fleurissaient à l'envi...
Surtout il était humble. On en était ravi.
Un fait que j'ai trouvé dans sa touchante histoire
A propos aujourd'hui me revient en mémoire.
Le bon Père avait fait, un jour, un long chemin
En mendiant, à pied, sans bâton à la main.
Il arriva chez lui, dans son pauvre refuge,
Trempé de l'eau du ciel qui tombait en déluge.
Son corps était brisé, ses pieds étaient moulus,
Et le pauvre vieillard vraiment n'en pouvait plus.
Il s'efforce pourtant d'enlever sa chaussure.
C'est en vain, car son pied souffre d'une blessure.
Il appelle un enfant, le petit Nicolas.
C'était son serviteur, plutôt ne l'était pas.
Que faisait en effet cet enfant chez le Père ?
Lui préparer son lit ?... Mais souvent sur la terre,
Ou sur un banc de bois le bon vieillard s'endort...
Le servir à dîner ?... Je ne crois pas encor :
Le Père ne mangeait, dans son repas unique,
Qu'un morceau de pain sec, du pain le plus rustique...

16

Le Père appela donc... Nicolas accourut,
Le sourire à la lèvre, et quand il apparut
Le saint prêtre lui dit : « Faisons commerce ensemble !
Ote-moi ma chaussure... A mon tour (que t'en semble ?)
Je te déchausserai... « Souriant et debout,
Le rusé Nicolas promet et jure tout.
Prestement il enlève à la jambe gonflée
La chaussure et soudain prend rapide volée.
« Nicolas, dit le Père, où donc est ton honneur ?
— Je ne veux, dit l'enfant, vous donner ce bonheur.
— Enfant, tu l'as promis, allons, enfant, sois sage ! »
Le bon vieillard alors lui barre le passage.
Mais le petit lutin, riant de son délit,
Se met à quatre pieds, se cache sous un lit.
Le bon Père, à genoux sur le sol tout humide,
Conjure Nicolas, qui n'était point timide,
De sortir de dessous ; il prend un ton grondeur,
Il commande, il menace et veut lui faire peur...
Mais l'enfant rassuré, dans sa demeure sombre,
Ne bouge plus qu'un mort... C'est le maître qui sombre...
Le laurier couronna Nicolas l'entêté,
Et le bon saint en fut pour son humilité.

SAINT BENOIT LABRE

Deus elegit pauperes.
Dieu a choisi les pauvres.
(*Epître de S. Jacques*, ch. II, v. 5.)

Beati pauperes ! Assis au flanc d'un mont,
Le doux Sauveur Jésus, un jour, en Galilée,
Laissait tomber ce mot incroyable et profond,
Dans le cœur ébahi de la foule assemblée.
Le monde s'agita près de ses piles d'or,
Et par mépris du Christ il se mit à sourire.
Qu'importe, dit Jésus, le monde et son empire ?
Beati pauperes ! je le proclame encor.

Aux chemins tout poudreux de la belle Italie,
Quel est ce mendiant qui voyage là-bas ?
Son corps est incliné, sa démarche affaiblie,
On croit le voir tomber à chacun de ses pas.
Son front est découvert, ses pieds n'ont de sandales,
Quelques pauvres haillons couvrent sa nudité ;
Ce soir, près d'une église, et sans être abrité,
Il dormira content, étendu sur les dalles.

Vous demandez son nom ? On le connaît partout ;
Les grands et les petits ont en lui confiance,
On sourit quand il vient, on demeure debout
Quand il dit quelques mots, on pleure son absence.
Oui, ce pauvre ici-bas qui n'a ni feu ni lieu
Est bien vu des chrétiens : c'est le pauvre angélique,
Il vous paira son pain en chantant un cantique.
C'est Labre, c'est le saint, le grand pauvre de Dieu !

Oui, c'est un mendiant, mais il a d'un archange
L'auréole à son front; son œil est inspiré,
Et, quand du Roi des cieux il chante la louange,
On dirait un prophète et son texte sacré.
Oui, c'est un mendiant au corps maigre et débile,
Aux membres recouverts de quelques vieux haillons;
Mais dans cette nuée il passe des rayons,
Et la gloire étincelle à travers cette argile.

Ce n'est qu'un ignorant; vous le dites bien haut,
Dans votre sot orgueil, vous, savants de la terre;
Pourtant Labre au ciel bleu monte comme un oiseau
Et du seuil éternel il sonde le mystère.
Il a la vérité. Mais vous, que savez-vous?
L'erreur en vos esprits préside en souveraine,
Et votre intelligence, aussi nulle que vaine,
De Labre l'ignorant n'atteint pas les genoux.

Pour vous, gens du plaisir et de la chair esclaves,
Ce Labre n'est qu'un fou. Pourtant, voluptueux,
Vous vous plaignez souvent de vos lourdes entraves,
Quand vous suivez des sens l'élan impétueux.
Labre, lui, sait régner sur la chair asservie,
Son corps est ici-bas, mais son âme est au ciel.
Dites, est-ce le saint ou bien le criminel,
Qui possède vraiment la liberté, la vie?

Et vous, qui vous pâmez d'aise sur un trésor,
Vous craignez de toucher au vêtement sordide
Du pauvre de Jésus avec vos habits d'or.
Cependant votre front porte plus d'une ride
Et sous de noirs chagrins il paraît abattu.
Mais Labre, lui, sourit et bénit Dieu son Père.
Car on n'achète pas le vrai bonheur sur terre
Avec des monceaux d'or, mais avec la vertu!

Labre fut plus heureux que vous tous, gens du monde,
Car il avait l'amour, l'amour qui vient de Dieu.
Maintenant regardez... Sa pauvreté féconde
Lui donne un trône d'or, là-haut, dans le ciel bleu.

N'est-ce pas lui vraiment qui possède la gloire,
Ce pauvre mendiant que vous avez maudit?
Beati pauperes! Jésus l'avait bien dit :
Le bonheur est au pauvre ainsi que la victoire !

TABLE

—✳—

I

LÉGENDES CHRÉTIENNES

II

CRIS DE L'AME

III

PARFUMS DE LA VIE DES SAINTS

Imp. des Bénédictins de Ligugé (Vienne).

Ouvrages du R. P. Dom J.-B. Vuillemin

CHANOINE RÉGULIER DE LATRAN

COURTE EXPLICATION DU CATÉCHISME, volume in-12. **3 fr. 50** ; par la poste, **4 fr.**

L'IMITATION DE L'ENFANT JÉSUS. **3 fr.** ; par la poste. **3 fr. 20.**

LE CATÉCHISME DES PENSIONNATS ET DES COLLÈGES, trois volumes in-8°. **8 fr.**

DU MÊME AUTEUR

SOUS PRESSE

HISTOIRE GÉNÉRALE DE LA LITTÉRATURE FRANÇAISE, depuis son origine jusqu'à nos jours, *précédée d'un abrégé sur les littératures hébraïque, grecque et latine, et suivie d'un court exposé sur les littératures étrangères,* un fort volume in-8° (700 pages).

www.ingramcontent.com/pod-product-compliance
Lightning Source LLC
Chambersburg PA
CBHW070517030726
47503CB00004B/1291